地道宁海味

戴余金 金齐斌 ◎ 主编

宁波出版社

《地道宁海味》编委会

顾　问：陈志伟
主　编：戴余金　金齐斌
副主编：王必烈　严永明　田海丹
编　委：胡家臣　林敏建　娄仁善　葛民超　施　斌
　　　　林亚娟　葛云高　孙常钊　陈东贤　孙正临
　　　　符皓勋　章正齐　卢　豫

目录

盼吃谣 …………… 001

糅 …………………… 002

汤 包 ……………… 010

麻 糍 ……………… 018

松花饼 …………… 026

粽 …………………… 034

麦 饼 ……………… 044

麦饺筒 …………… 056

麦糊头 …………… 066

前童三宝 ………… 074

洋 糕 ……………… 082

状元糕 …………… 090

垂　面	……………	098
桥头胡海鲜面	……………	108
阿婆饼	……………	116
番薯糕	……………	124
蛋炒饭	……………	132
冬至圆	……………	140
米胖糖	……………	150
团	……………	158
炒香榧	……………	168
麦虾汤	……………	176
烤洋芋	……………	182
面　皮	……………	190
炒粉糕	……………	198
后　记	……………	206

盼吃谣

正月糅,二月糕,

十四夜,裹汤包。

三月清明吃艾草。

四月初八吃柴脑。

五月端午笋壳包。

六月六,吃麦糕。

七月半,树头敲。

八月初三麻糍糕,

八月十六蒸洋糕。

九月九,长寿糕。

十月十,豆腐脑。

十一月冬至搓搓圆。

十二月裹团吃年糕。

糁

米家麦家成亲家,
五谷杂粮是伴娘,
虾兵蟹将闹洞房。

——打一食物

糁分咸糁和甜糁两种,咸糁的主原料为米浆,佐料为芥菜、香干、目鱼干、虾皮、川豆板、冬笋、牡蛎、花生米、香菇、咸肉等,切成丁,混烧成鲜香美味的糊状小吃。甜糁是以湿淀粉、红枣、蜜枣、荸荠、金橘饼、桂圆、胡萝卜丝、花生米、红糖等烧煮而成的,一般是有新媳妇的人家当年必备的食物,又称新妇糟羹。亭旁一带的人结婚时正餐中必不可少的一道菜是羊肉羹。将羊肉切丝煮成汤,再兑入湿淀粉和甜羹原料,一起烧煮而成,又称坐堂羹、和合羹,这也是甜羹的一种。

民间传说

农历正月十四的晚上,宁海家家户户都要吃麦糁,又称"麦流"。其做法是先将蔬菜、香干丝、虾皮、牡蛎、番薯面等食材分别烧熟,然后一齐放进大锅里加热,再把加水调成稀糊状的小麦粉倒进锅里,边加热边搅拌,直至成为稀薄的糊状物,就叫"麦糁"。

为什么宁海正月十四夜里要吃麦糁呢?据说这与戚继光抗倭有关。明嘉靖四十年(1561),倭寇大肆侵扰我国东南沿海一带,到处杀人放火、奸淫掳掠,可是当地官军腐败透顶,屡战屡败,到后来倭寇一来袭干脆闻风而逃,不敢抵抗。老百姓深受其害。

当时在浙江驻防的戚继光将军见到官军如此腐败无能,心

急如焚,决定整编一支新的军队。于是亲自出马,到义乌挑选了一批农民和矿工,用全新的方法训练他们。他对招募的士兵进行严格的军事训练,并且用保家卫国的思想教育他们,让官兵们牢记自己是为解除百姓祸患而打仗的。同时严明军纪、严格赏罚,终于建立起一支战斗力极强的劲旅——戚家军。这支军队纪律严明,对百姓爱护备至,自己却"冻死不拆屋,饿死不掳掠",受到百姓们的尊敬。

那一年,倭寇又来侵犯宁海,并占据桃渚等地。戚继光亲率主力在宁海县东南沙柳村指挥追剿。戚家军连夜用草包、麻袋装填沙石筑好工事。时值初春,寒风凛冽,夜阑更深,肚饥人困。百姓见戚家军挨饿受冻,非常心痛。为了慰劳戚家军,人们勒紧裤带,从自己口粮中省下一些粮食,捐了青菜、萝卜、米碎、苞芦,还有麦子、番薯粉等,准备送往前线。结果人们发现食物五花八门,种类繁杂,每一种数量都不多,无法烧成像样的饭。他们最后决定,先把青菜、萝卜丝分别炒熟,然后倒在大锅里混合加热,再把米粉、苞芦粉、麦粉、番薯粉一起加水调成稀薄的"糊糊",一齐倒进锅里,边加热边搅拌,烧成一种糊状的羹。然后,乡亲们趁热挑着这种羹来到兵营,结果意外地受到将士们的欢迎。每人吃几碗,既当菜又当饭,既能饱肚子又能御寒,方便又实惠。将士们吃完食物,不再饥寒,士气倍增。这种食物,慢慢演变成后来的"麦糅"。

戚家军在宁海取得了抗倭的第一次大胜利,史称台州大捷(也叫三门湾大捷),此后百战百胜。取得台州大捷的这一夜正好是正月十四日夜。为纪念这次历史性的战斗和表达对戚家军的敬仰,宁海人民把元宵节提前到正月十四,并且一起吃这种特殊的食物——麦糅。这一习俗至今已有460余年历史。

▲ 搜集整理 孙常钊

童年记忆

一市百家糅

文 / 魏蕾蕾

正月十四那天,会有成千上万的人赶到一市镇东岙村一带吃糅。午后,陆陆续续就有周边各地的车辆不停地往"枫搓岭"

这个看似"无底洞"的隧道驶入，只进不出。入了夜，一辆辆车子亮起了车灯，给黑色的大地点亮了红灯，恰似一条蜿蜒盘旋的卧龙，给这个独特的元宵节增添了节日的气氛。

　　从正月十三开始，一市镇各村村民们就开始准备各类食材，常见的就有香干、豆腐干、青菜、蛏肉、猪肉、豆瓣酱、虾皮、冬笋、牡蛎、香菇等。所有食材必须切成丁，厨房里大人们正忙着洗菜、切菜，将切好的食材装在脸盆大的容器里，放在餐桌上，这时调皮的孩子往往会偷偷躲在一旁，看着这些明天即将下锅的食材流口水。

到了农历十四日,大家就会早早地起来,将昨夜准备的各类食材进行最后的整合,在合适的时候,娴熟的主妇就会开始在大锅里烧制美食。做糅的锅必须是大锅,还必须用柴火烧水,只有这样烧制出来的糅才最好吃,最香。

十四夜的外婆家特别热闹。早起阿姨们在厨房准备起各类食材和用具,外婆在旁指导,而我们一群小孩,则会早早拿好碗,目不转睛地盯着那一口比我们人还大的锅,生怕错过糅烧熟的那一刻。其实糅还有一种独特的吃法,不用筷子、不用调羹,端着碗,顺着碗沿,转几圈,几口下来,一碗糅马上就下肚。在品尝完自家的美食之后,姐姐就会带着我们一群小孩拿着碗去"看看"别家的美食,虽然食材都一样,但味道还是有细微的差异。大多数人家里都是做咸的糅,只有当年娶了媳妇的家庭会做甜的糅,用桂圆、红枣、蜜枣、金橘、花生米、葡萄干、红糖等烧煮而成,俗称"媳妇糅"。甜的糅更受孩子们的欢迎,吃起来特别清甜、爽口,吃了一碗又一碗,不想停。那时候的外公定会笑话我们,像个要饭的小叫花子。

十四夜吃糅都是免费的,吃的人越多主人就越高兴。孩子们则成群结队挨家挨户赶吃糅。由于制作方法不同而味道各不相同的糅也成了童年最好的味道。

地道宁海味

私房菜谱

· 咸 糕 ·

原料：

米浸涨后磨成的米粉 250 克，芥菜（或青菜）750 克，香干 200 克，油豆腐 120 克，虾皮 60 克，花生米 150 克，香菇（或鸡腿菇）150 克，冬笋（或茭白）200 克，目鱼干 100 克，牡蛎 400 克，猪肉 300 克，川豆板 50 克。

制作过程：

1. 目鱼干用水浸涨，切成丁。
2. 花生米炒熟，碾碎，去掉外面的红衣。
3. 芥菜（或青菜）切成细末状。
4. 猪肉、香干、油豆腐、香菇（或鸡腿菇）、冬笋（或茭白）等其他佐料都切成细丁，分别装盘。
5. 取锅烧烫，放入适量猪油，下目鱼丁、肉丁等炒至半熟，倒满水烧开。
6. 锅中水烧开后，放入芥菜（或青菜）末，再把米浆慢慢倒入已烧开的汤中，一边倒米浆，一边用铁勺慢慢地顺着一个方向搅拌，然后调味。待满锅气泡翻滚，可判定糕已熟透，撒上花生米，关火，舀入碗中，即可食用。

注意事项：

※ 菜要剁得越碎越好，这样才更能入味。

※ 料理中数芥菜（或青菜）最多，这样煮出来的糕绿绿的，很好看也很好吃。

· 甜 糕 ·

原料：

番薯淀粉（本地称散粉）、红枣、葡萄干、枸杞、金橘饼、荸荠、苹果、梨、花生米、胡萝卜、白糖。

（备注：原料里除了番薯淀粉、白糖外，其他佐料可以根据个人口味添加，比如加入桂圆干或其他水果等。）

制作过程：

1. 花生米炒熟，碾碎去衣。
2. 红枣、金橘饼、胡萝卜切成丁状。

3. 苹果、梨、荸荠去皮切丁。

4. 将番薯淀粉兑水,稀释成散粉糊待用。

5. 取锅洗净,加适量水,大火烧沸。

6. 先后下入胡萝卜丁、红枣丁、金橘饼丁、荸荠丁、葡萄干、枸杞、苹果丁、梨丁、花生米,加白糖调味。

7. 待锅再次沸腾后,兑入适量稀释过的散粉糊,再次烧沸煮透即可出锅食用。

▲ 搜集整理　林亚娟

汤包

白布包麝香，
抛进水中央。
一看潮水涨，
立即用网打。
——打一食物

汤 包

宁海汤包有别于杭嘉湖地区的灌了汤的小笼包子。汤包用面皮包裹菜馅,入水煮之,有汤,故名汤包。如今一般都是放蒸笼里蒸,吃的时候可用蘸料,别有一番风味。

随着人们生活水平和生活质量的提高,宁海人制作汤包的馅料已从过去只有雪里蕻加豆腐的菜馅,演变到如今加冬笋、芹菜、花生米等十余种不同食材的馅料,汤包的口味也变得更加丰富。汤包,一个"包"字,准确而传神地体现了它的特征——包容性!

民间传说

相传,东汉末年,各地灾害不断,瘟疫横行。告老还乡的"医圣"张仲景虽然整日忙于治病救人,但仍然有很多人得不到及时救治。

这年冬天,天气特别寒冷。由于长期忍饥挨饿,百姓的抵抗力下降,不少人耐不住严寒,耳朵上生了冻疮,严重者甚至一命呜呼。张仲景分身乏术,看在眼里,痛在心上。

为了帮助百姓解除冻灾,张仲景研制了一个名叫"祛寒矫耳汤"的药方。冬至那天,他与村民在河边向阳的地方搭起了医棚,把羊肉、辣椒和一些驱寒药材剁碎,用面皮包成耳朵的形状,再放入锅里煮熟,做成"驱寒矫耳汤",施舍给百姓吃。每人一碗汤,

地道宁海味

汤里两个"驱寒矫耳包"。这种东西既可以充饥,又能治病祛寒。人们吃了张仲景做的药食,感到浑身发暖,两耳生热,再也没人耳朵冻伤了,耳朵上已经有冻疮的也慢慢结痂痊愈了。

　　此后,人们为了纪念张仲景治病救人的事迹,便在每年冬至这天相约一起吃汤包。先把肉末、虾皮、豆芽、笋丝、韭菜、香干丝等材料分别炒熟,再将它们混合,然后用面皮包裹这些馅儿,制作好的汤包形状如耳朵。汤包可以入水煮食,也可以蒸着吃。用竹做的蒸笼,在蒸屉上摊一块纱布,把制作好的生汤包一个个整齐排列,蒸上十五分钟,便可以出笼。不论热吃,还是凉吃,都是一道美味。现在,年轻人佐上蒜、辣酱、米醋等调料,更是别有一番风味。到后来在南方流行后,宁海作兴正月十四夜吃汤包。

汤 包

今天的宁海人大多是将其煮食的,入水煮之,有汤,"汤包"名副其实。所用佐料与蒸吃时一样丰富。

除了在正月十四元宵夜吃汤包,平时街头从夜排档、早点摊,到机关单位的大食堂,再到星级酒店的宴席,人们都可品尝到它的美味,汤包已成为一道名小吃。

▲ 搜集整理　孙常钊

童年记忆

春节里的汤包

文 / 葛璐曼

小的时候,春节时,一堆人聚到一起,有买小鞭炮的,有做年夜饭的,有捣麻糍的……总是忙个不停。在这热闹里头,宁海人必不可少的春节小吃——汤包,就更显现出它的重要性了。

到了春节的尾巴当口儿,宁海人就要拿出拿手好戏——裹汤包。这里的汤包和那些汤汤水水的肉馅包子有些许不同,宁海人性格里就透着股子爽利,所以这儿的汤包也要干净利落:将各类食材细细地剁碎作馅,揉上一些面粉做面皮,这些面皮还得切

地道宁海味

成端端正正的小四方,放入馅料后两只手一拗,做成外檐翻起、内环圆润的元宝形状,送到蒸屉里去,静待出笼。

　　说起来,宁海的汤包倒不是什么制作烦琐、造价高昂的美食,它更加简单,也更加朴实。汤包里的馅料就各有千秋,长街东路角的汤包馅多喜欢用咸菜、香干、香菇、小虾皮、五花肉,不嫌麻烦的人家还要往里添点花生米碎提香;桥头胡北路角的馅料则多以白萝卜为主,再添以黄豆芽、香干、猪夹心肉、辣椒、大蒜;桑洲西路角因为靠山,就在肉馅、香干等基础上多一些"山珍",如笋、雪里蕻。这些个馅料都要切成细细的丁,既不能放太少失了口感,也不能放太多撑破了皮。待到正月十四那天,一伙人便要凑到一起,刀口底下滚着不同的食材,那蒸屉里冒着热气,迷蒙视野,不一小会儿,女人们的哄笑声就会充斥整个小厨房,就好像沉

汤包

寂了一冬的嫩芽舒展了腰身,要好好闹腾一场。

等妈妈们切好了馅料,再将它们裹在面皮里头,放入蒸笼蒸,出了蒸笼后,晶莹剔透的面皮紧紧裹着色彩丰富的馅料,外环的小角飞起,好似正在扬扬得意地招手。你咬上一口冒着热气的汤包,各式的馅料便在你嘴里炸开了——鲜美的笋丁、滑软的肉碎,叽叽喳喳地在舌头上开会,而此刻,柔软的面皮却在唇齿间蠕动,显得慢条斯理,格外安逸。而那些更讲究的人家里是要用艾草做的青皮来裹汤包的,艾草的清香以及它特有的嚼劲,真是让人舍不得下咽。

孩子们把还有些烫手的汤包握在手里,吃着,笑着,闹着。待到半夜,大人们就拿出樟树枝,点上火,噼里啪啦地放上一场,樟树叶吵闹着,飘散出温柔的烟味,预示着这一年的坏运都将随风而去,我们将迎来新的更好的一年。

就这样,一年的尾巴过去了……

猪年的春节即将来临,我的愿望是回到小时候,重新捡起"年"的味道。或许,就从这一个小小的春节小吃开始,重新看见热闹的、可爱的团圆……

地道宁海味

私房菜谱

· 普通汤包 ·

原料：

小麦粉，馅料（蘑菇、咸菜、猪肉、带豆、油豆腐、豆腐、笋、虾皮、花生米等，可根据个人喜好确定）。

制作过程：

❶ 将各色配料洗净切末，包括蘑菇、雪里蕻、猪肉、带豆、油豆腐、豆腐、笋、虾皮、花生米等（按个人口味择爱取之）。

❷ 取锅，小火，放入少许油、盐，倒入虾米、冬笋、带豆、胡萝卜等配料，用大火翻炒，炒熟后，将其盛在盆内，晾凉待用。

❸ 将面粉和成面团，用擀面杖擀至薄如纸皮，再用刀切成边长10厘米左右方形的汤包皮待用。（这种汤包皮目前市场上有现成的可以买，尤其是正月十四前后，宁海人都有裹汤包的习俗，那时市场上的汤包皮尤其畅销。）

❹ 将汤包皮平摊在面板上，用汤匙将馅料盛出倒在汤包皮上，先将汤包皮卷起裹住馅料，再将两个角捏拢形成褶皱，状如包袱，即成汤包生坯。

❺ 人们可以按照自己的喜好，将汤包用不同的方法制熟，从而形成不同风味的汤包。常用的有三种：蒸制、烫制、煎制。

蒸制

首先，锅内倒七八成满的水，烧开。接着取蒸笼，用刷子蘸点儿油，在笼屉上刷一遍，以防汤包皮黏在笼屉上。最后将汤包生坯码入笼内，在汤包上洒点水以保证汤包皮不生。把蒸笼放入水已烧开的锅上，旺火蒸10分钟左右，待成熟，出笼装盘，即可食用。此时如蘸醋等调料，味道会更佳。

汤 包

烫制

首先取锅加大量水,烧开。

然后,下入汤包生坯,大火烧开,至生坯上浮变色,即可盛入碗中带汤食用;或下入已蒸熟的汤包,沸后,连汤盛入碗中,即可食用。

煎制

取平底锅,烧热,锅底刷上一层油,小火,码入汤包生坯,待生坯底部变硬且略呈黄色,可在锅里留空处洒点水,盖上锅盖,如此反复点水2—3次,待煎制成熟,出锅装盘即可食用。此时蘸醋等调料味道更佳。

· 菁汤包 ·

菁汤包与普通汤包的制作过程基本相似,不同之处一是汤包皮的制作,二是成熟时一般采用蒸制的方法。

原料:

麦粉、糯米粉、菁草、馅料。

制作过程:

菁汤包与普通汤包的馅料可以是一样的,换言之,凡是普通汤包馅都可以用作菁汤包的馅,它们的原料和制作方法都一样。

1 将菁切成细末,剁成泥茸状。

2 将麦粉和糯米粉按一定比例混合,再将菁泥放入粉料中混匀,分次加水,和成面团。

3 用擀面杖擀成比普通汤包皮稍厚些的薄皮,再切成边长10厘米左右方形的汤包皮待用。

4 菁汤包的制作成型方法与普通汤包相同。

5 制熟也同普通汤包。大火蒸十分钟左右,成熟即可。

麻糍

糯米是骨,
艾草是血。
蒸笼中打滚,
捣臼里成名。
——打一食物

麻糍

宁海人把条状的糕点叫年糕,块状的叫麻糍。宁海麻糍有糯米麻糍、菁麻糍、乌饭麻糍等种类,在糯米粉中掺入棉菁、艾青,或乌饭树嫩叶汁,口感好,多吃不腻,易消化,是上佳的点心。

民间传说

农历四月初八,是牛的生日,人牛共食乌饭麻糍。为什么要吃乌饭麻糍呢?当地有一个传说。

相传古时候,刀耕火种,只要把种子撒下地,庄稼就能丰收,大家都能吃饱肚皮。这样一来,生活爽快,人们无事可做,吃喝嬉戏的日子多了,便无事生非,寻衅滋事,吵架斗殴。

一天,弥勒佛见到人间这种坏风气,非常恼火,就到玉皇大帝那里去告状。玉皇大帝当时有点不相信,就派人到人间察访。察访者一看,当真是这么回事,就禀告了玉皇大帝。玉皇大帝一忖,务农人这么空闲,要给他们一点事做。于是,玉皇大帝叫来了牛大王,说:"你把天仓里的野草种带到凡间去撒撒,每走三步撒一把,剩下的就压到石板底。"

牛大王就来到凡间,降落时巧恰被地上的一块大石头一绊,"扑通"一声摔倒了,上门牙全部磕落(所以如今牛没有上门牙),昏了过去。等到牛大王醒来,已经忘记了玉皇大帝的吩咐。于是就将草种一步三把地撒了,剩下的也往烂泥地下塞了。

春天，野草长出来了，田野上到处都是密密麻麻的野草，与庄稼争肥料。人们没办法，为了能使庄稼长得好，拔呀锄呀，就是拔不光。这样一来，人们庄稼不够吃，哭声连天了。哭声惊动了玉皇大帝，玉皇大帝又派人到凡间察访，察访者回去后向玉皇大帝禀告人们是为庄稼田地上野草疯长而哭。

于是，玉皇大帝就叫牛大王来，问："你怎么撒草种的？"

牛大王说："我是一步撒三把，剩下的就塞进烂泥地下了。"

玉皇大帝一听，火冒三丈，厉声说："叫你三步撒一把，你却一步撒三把，所以人们忙坏啦，哭声连天了。现在罚你去人间，一是帮人们耕田，二是自己去吃草。"

牛大王一听，后悔也来不及了，只得照办。它老老实实吃草、耕田，赢得农民的尊重。牛大王下凡这日正好是农历四月初八。后来，人们为了表达对牛辛勤劳动的感激，就在四月初八这一天为牛捣乌饭麻糍吃，规定让牛休息一天，称为"牛生日"了。

乌饭麻糍是采摘来山上乌饭树的嫩叶，酿成汁，在每年四月初七的晚上用汁水浸泡糯米一夜，次日炊熟，叫"炊乌饭"。拌上黄糖，再放在石臼里人工捣成团，接着用擀面杖擀开，一块一块切成平行四边形的块状，就是"乌饭麻糍"了。

四月初八这一天，牛一律放耕。人们先是把牛牵到河边或溪坑里，用毛刷上上下下地擦洗它，然后让牛自己在河里或溪坑潭里浴个痛快。牵回来后，用准备好的乌饭麻糍喂牛，用毛竹筒灌牛吃鸡蛋黄酒。这一天，人们也吃乌饭麻糍，意为人牛共食，庆贺牛生日。

后来,宁海不但有乌饭麻糍,还有糯米白麻糍、南瓜麻糍、马岙的糖嵌麻糍、青麻糍、铺粉麻糍等。

▲ 搜集整理 葛云高

童年记忆

外婆的麻糍

文/何 欣

小时候,最爱去的就是外婆家。依山闻鸟语,近水观落花,所有大自然里该有的奇妙,外婆家附近都有。山上长的乌饭树,装点了一代又一代乡民们的主食。

每年清明节前后,外婆都会去摘乌饭叶。新鲜的叶子被洗净,翠得可爱,张扬的绿色是生命的活力,根本看不出它会带来怎样的惊喜。外婆慢慢把叶子捣碎,深紫色的汁水开始一点点流淌出来,每次看到,我总会忍不住感叹:这也太有趣了吧!

将捣出的乌饭汁加入干净的水中,再倒入白白胖胖的糯米,就这样泡上一夜,糯米涨足,也跟着汁水变成黑紫色。

地道宁海味

次日清早,我总是满怀期待地早早起身,因为我最期待的捣麻糍即将上演。点火、烧柴,火苗瞬间开始舔舐那口大锅。放蒸屉、铺纱布、倒糯米,外婆做事向来干脆利落。一会儿,锅盖掀开,一股幸福的热气扑面而来。黑紫色的糯米蒸熟后变得油亮油亮的,怎么看都显得十分诱人。两位舅舅将糯米尽数倒进一口大石臼,一个人手拿捣杵,咬紧牙关,仿佛用上了全身的力气在舂米,另一个抓住刚舂完的空档,把糯米灵巧一捺,间或加点水。在这样一下又一下有力的击打下,糯米粒变得光滑而有黏性,终于团结在一起,形成了大米团。

麻糍

"砰"的一声,大舅把大米团麻糍稳稳当当地落在撒了细细密密、金黄喷香的松花粉的面板上。阿姨们赶紧拿起擀面杖,一人按擀面杖的一头,来来回回,将大米团均匀擀开,然后再撒上一层松花粉。

外婆用刀把麻糍仔仔细细地分成一块块差不多大小的小块,至此,外婆的麻糍正式成型了。此刻,我和边上的哥哥姐姐们再也按捺不住,蜂拥而上,抢着拿起自己相中的那块麻糍,忙不迭地送入嘴里。

刚做好的麻糍,一入口,糯米的黏软、乌饭的清香瞬间传遍了所有味蕾。有了松花粉的中和,多吃两块也是不腻的,只让人觉得五脏六腑都是满足。但因为怕犯积食的病,妈妈总不允许我多吃,我却总背着她,偷偷藏起一块,溜到外婆的灶台旁,一边看外婆笑眯眯地烧火,一边倍加珍惜地小口咬着……

"少吃点,一会儿就吃夜饭了……"突然,听到了外婆的呼喊声。

到明年,外婆去世就三个年头了。老屋后的山脚下种上了一大片桃树,山上的乌饭树绿了好几遍,溪水依旧潺潺,泥土依旧清新。想起,捧着麻糍,一路走,一路嚼,吃着吃着,好像又听到外婆在说:

"少吃点,一会儿就吃夜饭!"

"吃年夜饭了!"

地道宁海味

私房菜谱

· 糯米麻糍 ·

原料：

糯米、松花粉或淀粉。

制作过程：

❶ 将糯米洗净浸涨（浸泡一夜）。沥干磨粉后放在蒸桶里用猛火蒸熟。

❷ 糯米蒸熟后马上趁热倒入石臼里用石捣子揉捣，这样制成的糯米麻糍更筋道。此时，一人持石捣（或木捣，俗称捣糍头）槌捣，每捣一次，另一人就手沾凉水给糯米粉团翻身，一是防止粉团粘在石臼上，二是为了把粉团捣匀捣实。捣麻糍是个体力活，一般需多人轮流，同时捣者和翻者要相互配合。

❸ 捣匀后移到铺有松花粉或淀粉的面床上，防止麻糍之间粘连。用长擀面杖擀至1厘米左右厚，再切成8厘米左右宽、12厘米长的小块即可。

· 青麻糍 ·

原料：

糯米，棉菜青或艾草青（青有多种，其中棉菜青为最佳，口感好），松花粉（或淀粉）。

制作过程：

❶ 棉菜青或艾草青挑回来后，去老根、腐叶，即"择青"，然后用沸水焯，以去涩味，再滤去水分，切细剁成泥茸状，待用。

❷ 将糯米洗净浸涨（浸泡一夜），沥干、磨粉后放在蒸桶里用猛火蒸熟，再把准备好的青放在上面蒸熟。然后，马上趁热倒入石臼里用石捣子揉捣匀（同糯米麻糍）。

麻糍

❸ 等青和粉团匀实后,铺在撒了松花粉的案板上,用擀面杖擀成半厘米厚薄的片,然后用薄刀切成宽5厘米、长10厘米左右的长方块,同样,也有不用粉的,用蒸好的糯米直接捣,这种青麻糍更筋道。

· **乌饭麻糍** ·

乌饭麻糍是宁海"四月八"的特色食品,外黄内乌,别有一番风味,据说能助消化、补元气。

原料:

糯米、乌饭树嫩叶汁、松花粉(或淀粉)。

制作过程:

❶ 将乌饭树嫩叶捣碎过滤取汁。

❷ 乌饭树嫩叶汁浸糯米数夜后沥干、磨粉,也可以将汁水直接揉进糯米粉中,糯米或糯米粉会变成蓝黑色。蒸熟捣制成乌饭麻糍(方法同糯米麻糍),外表再撒上一层嫩黄的松花粉,同样切成长方块。色乌紫,细腻爽滑,清香扑鼻,别有风味。

▲ 搜集整理 林亚娟

松花饼

花开像蜡烛，
近看像六谷。
米粉拉花糅，
有喜来祝福。
——打一食物

松 花 饼

宁海街头的小吃摊很多,但很难找到卖松花饼的,这可能与松花粉原料稀缺有关,也可能与松花饼的制作成本高有关。松花饼不是单单用松花粉制作的饼,因为单单松花粉揉不成粉团,很难制作。松花饼是以糯米粉与松花粉为主料做成的饼。现在有些地方做的松花饼,松花粉的含量少,很难吃出松花粉这股特有的清香。如果不是用传统晒烘方法制作的松花粉做饼,同样也体验不到松花粉这股特有的清香。龙宫村制作的传统松花饼具有独特的口味,长期食用有保健作用。

民间传说

传说,从前龙宫村有一爿药铺,这爿药铺店主还是一位"仁医"。不管谁生了病都乐意治,有钱出点小钱,没钱免费治。

一天夜里,有个村民的孩子发烧,天蒙蒙亮,他就到药铺来买药,问药铺店主吃什么药能退热。店主说:"退热草药很多。"说完,便主动把药给了这位村民。

走出店门,他发现门外坐着一位满头白发的乞讨者,问买药原因。买药人说:"孩子昨夜发高烧。我家孩子经常发热,不知何故。"

乞讨者说:"羚羊角退热效果比较好,但比较难买到。有一种药不花一分钱。"

买药人急问:"你知道还有什么药比较好?"

"你到山上去采摘现在刚结的松花果来,将松花果晒出粉,再将松花粉用文火在锅里慢慢炒熟,吞服下去。这样可增强孩子的体质。"

"松花粉也能治病?"

"准行。"乞讨者说后就不见了。买药人一惊,心想:莫非遇到神仙指点了?于是,买药人急忙到山上去采摘松花果。采了两袋回来,就放在白篮和米背[1]中晒。晒过一小时,他将松花穗使劲抖啊抖,抖出一小碗松花。就按乞讨者指点的方法炒,炒熟后,给孩子吞服。两个时辰过去了,孩子果然退了热,他高兴极了。小孩不喜欢吃松花粉,村民就将松花粉与糯米拌和,加上一点红糖,再加一些水搓揉成团,用手掌拍打成饼状,在锅里摊熟,成了金灿灿、香喷喷的饼。左邻右舍品尝了,大家都说这饼甜丝丝、香喷喷的。大家说:"松花粉做的,就叫它'松花饼'吧!"

从此,这里的百姓一发高烧就想到松花饼,松花粉成了一味不花钱的中药。后来,宁海各地山区的百姓都做松花饼了,成为宁海的美味小吃。

▲ 搜集整理　陈东贤

---

[1] 白篮和米背,方言,是两种竹子做的器具。白篮有鲎肚,米背呈平板形。

> 童年记忆

母亲的松花饼

文 / 陈东贤

我老家在宁海北乡的山区龙宫村,龙宫村不仅山水秀美,而且文化底蕴深厚,儿时记忆中传统小吃也挺丰富,有番薯糕、番薯枣、落汤麻糍、米胖糖、炒粉糕、镬㽺糍、松花饼、烤土豆、烤毛芋、烤番薯等。

记得20世纪70年代初,家家户户烧柴灶。孩子们下午放学后以及星期天,到山上砍柴是常有的事,由于家家烧柴火,周边

近一点的山上粗一点的柴都被砍光了,因此,要砍粗一点的燥柴要到距龙宫大溪远一点的山上去砍,早出晚归得一天时间。记得有一次,我与父亲俩人带年糕到龙宫大溪砍柴,时及中午,准备集柴烧煨年糕,谁知忘带火柴,只好到古道路廊等行人,运气不错,碰到了一位过路客,借到了火柴,中饭终于解决了。回到家,说起这件事,一家人都笑了。

距离吃母亲做的松花饼已经过去好多年了,但儿时的味道记忆犹新。记得有一个星期天,要到远山去砍柴,母亲起得比我早,在灶台忙碌着,为我们准备带上山当午餐的松花饼。松花饼是龙宫村传统小吃,是用松花粉、糯米粉,中间夹点红糖做成的小吃。这松花饼软糯爽口,出门上山便于携带,早上做好的松花饼,装在布袋里,到中午甚至下午打开布袋后,还是软软的,不用火煨,可以直接食用。

松花饼

松花粉是山区珍贵的自然特产。记得到了四月份,父母会带我们去采摘没有开的松花簇头,放在米背上晒,经过太阳晒后的松花簇头会散开,松花粉落到晒背上。落下的松花粉还要晒一段时间,晒好的松花粉还要放在火上烘,烘到松花粉倒出时会流动,才可以存放,这样松花粉才能保质。存放也有讲究,当时好像是放在玻璃瓶里,现在大都放在可乐瓶里。现在正宗好品质的松花粉价格在150元一斤左右。

摘松花要把握好时节。太早,松花簇头小,松花粉没有孕足;太晚,松花开了,粉散了,摘回也没用。在松花簇头大一点,快开花时摘下,才能晒出松花来。

新的松花粉晒好后,母亲也常常为我们做松花饼吃。母亲在灶头做时,我们围着灶台看。母亲先取松花粉与糯米粉放入皿中,用温开水调揉,松花粉少量,有黄的感觉就可以了。先揉成一个大面团,后做成一个一个的小粉团,然后压扁嵌入红糖或芝麻,加白糖包拢,再压扁,放在锅里烙,烙时加点油,几分钟后,就会飘出糯米与松花粉那种特有的清香。有时没有红糖,就把出锅的饼用番薯糖浆蘸蘸吃,吃起来也很有滋味。记得有一次,我年少的弟弟站在灶台,望着锅里黄灿灿的饼,口水流出,急着要吃,母亲把饼从锅里铲出,我的小弟等不及了,马上用手去抓,因刚刚出锅的软软的松花饼很烫手,捏不住,一下掉在地上,他立即捡起就往嘴里送,想想儿时的生活,真觉得有趣幸福。

如今每逢传统节日,如清明节、七月半、十月半、过年,村民

都会制作传统小吃。一般做松花青麻糍的比较多,还有村民会做松花糕、松花团子等传统小吃。也有人在白酒中添加松花粉,这松花酒可以说是山区稀有酒品。

我喜欢吃母亲做的菜,更喜欢吃母亲做的各种传统小吃,"母亲的味道"深深印在我的脑海里。

松花饼

[元] 张 雨

怪来粔籹作鹅黄,浑是苍髯九粒香。
甜味中边唯食蜜,苦心早晚待休粮。
仙人骐骥留看取,道士嵩阳远寄将。
笑比红绫春馅巧,齿牙根底嚼糖霜。

松 花 饼

> 私房菜谱

· 水磨糯米松花饼 ·

原料：

水磨糯米粉、干磨糯米粉、松花粉、白糖、芝麻等（如果用红糖，不用芝麻）。

制作过程：

1 炒芝麻。开火热锅1—2分钟，把芝麻倒入锅里翻炒十几下后出锅，放在碗里，然后加入白糖搅拌均匀。

2 揉粉。将水磨糯米粉压碎放入揉粉团的皿中，再加少量干磨糯米粉，一边加温开水一边用筷子搅拌。加温开水要一点一点加，然后一边搅拌一边放松花粉，松花粉也一点一点加，搅拌到有点成块状时再用手揉粉，揉成一个粉团为止。单用水磨糯米粉会比较软，揉粉团比较难成型，制作饼也比较难。米粉与松花粉的比例大约是六四或七三。

3 分团。将大粉团分成若干小粉团。因为水磨粉细腻，所以饼不能太大，太大不好烙。

4 加馅成型。将小粉团压扁，加芝麻、白糖等馅料，然后包拢再压扁，但不能压得太薄。

5 烙制成熟。开火后在锅里倒入少许油，把饼放入锅里烙，两面翻烙，平锅可以多放几个一起烙，不断翻动，见颜色黄灿灿成熟了就可以出锅。

· 干磨糯米松花饼 ·

用干磨糯米粉、松花粉揉粉，成粉团比较快，成熟后的饼吃起来比较有韧劲。

制作过程大致相同。

▲ 搜集整理 陈东贤

粽

四角翘翘,
蓝带缚腰。
潭里洗身,
岸上脱衣。
——打一食物

早在春秋时期,古人就用菰叶(茭白叶)或棕榈树的叶,包黍米成牛角状,取名叫粽,或称"角黍";用竹筒装米密封烤熟,称"筒粽"。粽子也可作为馈赠亲友的礼物,如母亲送给出嫁的女儿、婆婆送给进门的媳妇。"粽子"谐音"中子",民间有"吃了粽子,早得贵子"的讲法。

民间传说

古代粽子又叫角黍、筒粽。"角黍"是因粽子的形状有棱有角,内包有糯米而得名;"筒粽"是因为最初的粽子是用竹筒贮米烧煮而成。

相传,屈原辅佐楚怀王期间,天下大势是七国争雄,唯有汉中秦国最为强盛。为了楚国的生存和发展,屈原力谏楚怀王联合齐国,共同对抗强秦。但是楚怀王受张仪等人影响,只顾眼前的利益,听不进屈原的真知灼见。在疏远屈原之后,又将他流放溆浦。

楚国与齐国断交后,齐国投进秦国怀抱,楚国孤立无援。秦国看时机成熟,便派兵攻打楚国。势单力孤的楚国被秦国击败,被迫割让土地,国力被极大削弱。

楚襄王即位后,非但没有总结失败原因,反而任人摆布。重返朝廷的屈原依然不改耿直的心性,冒死进谏,终是抵不过奸佞的谗言,被再次流放。

地道宁海味

公元前278年,楚国都城郢都被破,楚国被迫迁都。听到这个消息,屈原心痛不已,于五月初五跳汨罗江自尽殉国。当地人听说屈原投江,纷纷划着小船到江中打捞,却没能找到屈原的尸首。

后来,为了纪念屈原,人们每年在屈原投江这天鸣鼓赛龙舟,向江中投粽子,希望江里的游鱼有食吃,而不去啃咬屈原的尸体。人们以粽子投于水中祭吊屈原,同时也在这天吃粽子,形成了习俗流传下来。

现在的粽子形状有很多,有横包粽、笔架粽、羊角粽、狗头粽、四角粽等。味道有甜、咸两种。甜味的有白水粽、赤豆粽、蚕豆粽、枣子粽、玫瑰粽、瓜仁粽、豆沙猪油粽、枣泥猪油粽、番薯干粽、纯糯米粽等。咸味的有猪肉粽、火腿粽、香肠粽、虾仁粽、肉丁

粽,等等。

  宁海千百年来,吃粽子的习俗盛行不废,粽子已成为节日和平时都会出现于市场的美味食品。

▲ 搜集整理 葛云高

童年记忆

粽子情深

文 / 杨世扬

  独独喜欢母亲那一款粽子。
  虽然听闻嘉兴的粽子有名,外出时会在高速公路休息中心或者城里的专卖店,买几个尝尝,但是总感觉太软熟,嚼在嘴里就烂了,许是批量生产的缘故,总感觉"名不副实"。也会在逢年过节,尝一些亲戚朋友家的箬竹叶粽,显得小巧,刚出炉的时候,隔几天再煮,就会炸得一塌糊涂,始终觉得太嫩,太娇气……
  记得读初二的时候,由于家里承包了二三十亩的土地,母亲家里、地里两头操劳,眼看着一整条泥路上铺满蚕豆荚,要在午后把壳与豆分离。她得和父亲挥舞着耙子,来来回回数趟,把豆扫成堆,利用风扬去尘土。然而就是这样忙碌,母亲仍然会煮上一大锅的粽子。这是煮了整整一晚的粽子,芳香四溢。那几天恰逢历史、地理会考,由于背得滚瓜烂熟,上考场就自信满满,成绩也很快出来,历史满分,地理接近满分。那个时候分明觉得天高地阔,吃着母亲包裹的粽子,就是特别好吃,有嚼劲。

母亲通常在两个时节包粽子,一个是过年前,一个是端午。

一两天前,母亲便早早地开始准备。她把粽叶浸泡水中。母亲一如既往地会选用毛竹叶,竹叶背面有一些绒毛,还有一些颜色更深的斑点,正面则光滑得很,纹路清晰。经过一两夜的浸泡,清水会变黄,显得浑厚;毛竹叶不再僵硬,变得柔顺,却更显韧劲。母亲将它们里里外外刷干净,毛竹叶似乎有了一些光泽。

母亲端出了同样经过浸泡的糯米,颗颗饱满,挺着米肚子,那样旁若无人,不可一世。母亲娴熟地把毛竹叶一卷,呈一个漏斗状,抓起一把米,往"漏斗"里灌,那手似乎就是一个量杯,一抓一个准,米不多不少。然后顺势一折,多出来的毛竹叶就服服帖帖地搭在一旁。最后手、牙配合,用事先撕好的条形棕榈树叶一扎,一个三角粽就诞生了,有棱有角。至于方方正正的"斧头粽",母亲也没有五花大绑,而是扎在两头,也是有棱有角,任凭它胀着肚子。在我们看来,它们就像京戏里的大将军,桀骜不驯。

终于,粽子该下锅了。母亲煮粽子总是用柴火灶。即便她有了孙子,住到了城里,依然会提着包好的粽子,去乡下烧。她总觉得煤气灶上的火缺少一股子劲头,那柴火燃烧的熊熊大火宛如

粽

她对于这个家庭的追求,永不停歇。

烧粽子确实是一门功夫。母亲架起准备好的柴爿。根根柴爿,坚硬如铁,在熊熊的火焰中,喘着牛一样的粗气。大火舔着锅底,沸水舔着粽子。整间屋子雾气腾腾,粽香弥漫。母亲隔一段时间就会往锅里添一次水,把锅底的粽子和锅面的粽子上下替换。母亲守着锅,我们自然也不肯睡去,也守着。如果是过年,就烤着火。母亲从不说生活有多苦,话也不多,只是盯着火。很多时候,我觉得我们三兄妹就是沿袭了母亲的性格。

出锅的粽子,个个有模有样,没有一个因为包裹太多的糯米而炸开,也没有一个因为糯米包裹得太少而瘪进去的。这样的粽子可以放上很长一段时间。解开粽子的"腰带",粽肉晶莹、结实,

039

吃来口腔生津。母亲包的基本都是纯米粽。在她看来,这才是真正生活的味道。极偶尔,在我们的要求下,她才添加一些花样,诸如蚕豆、红豆、番薯条、咸肉……那搭配也是极好的。不过尝过之后才发觉,还是纯米粽的味道来得正宗。

有时候我和儿子也会跟着母亲包粽子,但是总也包不好。母亲看着孙子包也好,吃也好,难掩一脸的笑意。弟弟妹妹都相继成家以后,母亲生怕他们吃不上粽子,每到节假日,母亲总是早早地烧好粽子,他们一回宁海,就会让他们一串串地拎回去。

邻居们也会让母亲上门包粽子,在他们看来,母亲绝对是包粽子的能手。又近年关,母亲又要开始忙碌了,那粽香又会勾起多少回忆……

私房菜谱

· 笋壳粽 ·

原料：

糯米、笋壳、苎麻线（环保的草本纤维，自家种植，俗称"老麻"）、黄绿色的蚕豆板、鹅黄的胖豌豆、艳艳的红豆、条形的薯干等。

制作过程：

❶ 取笋脱下的外壳，在竹林里能拾到。把它们先晾干防霉，等裹粽时在小溪里用石头压着泡上一宿，软化笋壳后洗尽尘埃便可。大笋壳可以包"横包粽"，小笋壳可以包"狗头粽"。

❷ 将糯米放清水里浸泡上小半天，泡至粉嫩奶白。将糯米和其他浸泡好的材料如红豆、蚕豆板等拌和均匀后备用。

❸ 将笋壳折成一定的弧度，把米盛进去，盛米时不能太松，装一勺压一下，再装再压，挤压成恰好八分实（太实，粽子中心蒸不透，会变成"生米粽"），再用苎麻线包扎好，即成粽子生坯。

❹ 把粽子生坯放入大锅，浸入水中。柴爿架起，一锅粽先旺火后文火再到炭火烘，炖煮到第二天早上，满屋飘香，沁人肺腑。

· 四角粽 ·

原料：

以糯米、黑米或粟米等为主材，以红豆、蜜枣、番薯干、蚕豆或咸肉等为配料（根据个人口味选择配料，分别制成白水粽、赤豆粽、蚕豆粽、蜜枣粽、咸肉粽、番薯干粽等），桑洲镇本地的绿色粽叶（箬叶），苎麻线。

制作过程：

❶ 将箬叶洗净，放入水中浸泡。新鲜粽叶要一张张冲洗干净，在水里浸泡。

❷ 将糯米、黑米或粟米等放清水里浸泡小半天，沥去水分。

❸ 再将配料中的豆类放入水中，浸涨，沥去水分。

❹ 将浸泡过的箬叶折成一定的

地道宁海味

弧度,把糯米等盛进去,盛米时不能太松,装一勺压一下,再装再压,挤实,包成四角形状,再用苎麻线捆住。

5 把包好的粽子放入锅中,倒入清水,至把所有的粽子没入水内,大火烧开转小火,炖煮三四个小时,满屋飘香,沁人肺腑。

吃法:

在缺糖年代,纯米笋壳粽冷厌厌,蘸着沙沙作响的白糖,实趄趄,越嚼越有劲,越嚼越香柔,味道特醇香,回味悠长。

· 五香肉粽 ·

原料:

糯米500克,五花肉500克。

制作过程:

1 糯米用清水淘洗干净后,凉水浸泡约6—8小时。

2 五花肉洗干净后去掉肉皮。

3 用刀将五花肉切成3厘米左右厚的长条,再切成小方块。大小跟大拇指头差不多就可以了。当然,也可以根据自己的喜好,切得更大一点。

4 切好的肉块放入料酒1勺,酱油2勺,盐1小勺,胡椒粉1/4勺,花椒粉1/4勺,生姜4—5片,八角、桂皮各1块,拌匀调味。

5 将调味后的肉块覆上保鲜膜放冰箱里冷藏约6小时。

6 将粽叶用清水漂洗干净,浸泡6小时左右,再用清水煮5分钟后捞出晾凉。单层粽叶容易裂开,可以用两层粽叶。先将粽叶从中间对折,成为中空的漏斗型。

7 左手握住不动,用右手拉住粽叶的尾端向里顺时针旋转1圈。使粽叶头、尾能重合在一起。

8 先装一点糯米,用筷子轻轻插一插,让粽叶的小尖角里也装满糯米。

9 然后放入一块肉块,撒一层糯米,再放入一块肉块,再撒一层糯米。最后可以多加入两块肉块,再填上一层糯米,并用手压一压,使糯米在粽叶里紧实。

10 用两只拇指将粽叶的两端向内折起包住糯米。再用右手的中指将重合在一起的粽叶头和尾端反折过来,完全包裹住糯米。最后用线缠紧即可。

· 豆沙粽 ·

原料：

糯米、豆沙、粽子叶各少许。

制作过程：

1. 洗米，泡米，沥干备用。米可以泡半小时，也可以不泡。不泡更有嚼头。

2. 豆沙分成小块备用。豆沙的量根据各人喜好，可多可少。

3. 将粽子叶冷冻后泡水里备用。如果不冷冻就要焯水，这样才会好包。

4. 在距粽叶头部一厘米处剪掉，三张并在一起使用。有些粽子叶比较大，一张就够了。

5. 将粽叶卷成桶形放入糯米，再加入豆沙馅，最后再放些糯米。后续包裹步骤与前大致相同。

· 板栗鲜肉粽 ·

原料：

栗子20颗，腊肉350克，干香菇10颗，糯米800克。

制作过程：

1. 两手分别提起粽叶的两端向中心靠拢。将两端尾部叠加，用一只手抓住重叠的部分，同时另一只手掐住中间形成的尖角。在这个尖角上用手折叠一下，将口封紧，一个锥形就出来了。

2. 先在锥形的最底部加半小匙糯米，然后放入一块香菇块儿，再装入半小匙的糯米。

3. 加入栗子，然后装入半小匙的糯米。

4. 加入一块腌好的鲜肉块儿，最后添入糯米至整个锥体的90%即可。

5. 用锥形上延伸出的叶片盖住糯米，此时顶端的表面还是一个圆形。用大拇指和食指压住锥体，形成一个三角形的截面。

6. 找一根白棉线，左手大拇指捏住一端，另一只手开始绕线，最后系上活扣，一个板栗鲜肉粽就包好了。

▲ 搜集整理　林亚娟

麦饼

说饼不是饼,
是圆不是月。
食客称吉祥,
共把此物尝。
——打一食物

麦 饼

麦饼按馅料口味分,有甜馅和咸馅两种,可以根据个人喜好,搭配不同的原材料制成不同的馅料。现在桑洲麦饼除传统口味外,还增添了新口味,如牛肉味、茶香味等。按原料又可分为芝麻海苔馅、虾皮馅、南瓜馅、咸菜冷饭馅、肉馅等,品种繁多。

民间传说

相传很早以前,财主阿伍生了三个儿子,前后娶进三房媳妇。

大媳妇、二媳妇都是富家千金,三媳妇月仙却是佃户人家的女儿,只因生得如花似玉,才被看中,做了三媳妇。

阿伍对大媳妇、二媳妇特别偏爱,任何事都护着她俩。对三媳妇却百般刁难,可就是难不住她。

一天,阿伍想到自己年纪大了,就想在三个媳妇中选一个当家的人,作为自己的接班人。他提出了这么一个条件:用麦粉做食物,无论做什么,谁做得最好吃,谁就做当家人。

大媳妇、二媳妇已经摸透了公公的脾气,要做什么东西,心里明白。三媳妇初来乍到,不知公公吃食的习惯,要合公公口味就难了。

大媳妇很快做了一笼白花花的馒头,放在笼屉里一蒸,神仙看了也会流口水,这是公公平时最爱吃的麦食。

二媳妇很快也做好了青葱精肉水饺。放在清水里一煮,只只润滑光亮,远远闻到就觉得香气扑鼻。这也是公公平时爱吃的。

阿伍看了两个媳妇的手艺,心里暗暗称好。打定主意让大媳妇、二媳妇共撑门面。

三媳妇月仙来到厨房,手拿一根小擀杖,在一个个鸡蛋盘大小的粉面团上来回转着。转得粉团圆如十五的月亮,薄如身穿的绫罗,把炒蛋往里一裹,放在锅里一烙,好了。她双手捧着,笑吟吟地请公公尝鲜。

阿伍从来没尝过,不觉暗吃一惊。接过来一咬,又脆又香,味道鲜美。他越吃越想吃,连连称赞月仙手艺高超,决定让月仙来当家。大媳妇、二媳妇心里不服,但吃了月仙做的食品之后,大拇指竖得老高,也服帖了。

公公问媳妇月仙:"你这东西叫什么名字啊?"月仙说:"用麦粉做的,就叫麦饼吧!"

1613年5月19日,徐霞客从宁海出西门,来到前童梁皇驿,因已到晚上,就住宿驿站。他到梁皇街上走走看看,来到一家小吃店的时候,见有一种食品

麦 饼

他从来没有吃过,就买来一尝,味道很好,遂问店家,店家说:"我们叫它麦饼。"

徐霞客回到驿站后,就与驿丞说:"请驿丞大人帮一个忙。我准备明天赶路,路上人烟稀少,饮食不方便,今天在街上吃了麦饼,觉得在行旅中携带比较方便,能否给我准备一些麦饼呢?"驿丞说:"这好办。"

不多时,驿丞就叫来了几位妇女。徐霞客告诉妇女:"擂得更薄一点,厚了时间一长,怕路上咬不动。"妇女们在擂饼的时候,一擂再擂,越擂越薄,越发松脆清香。

第二天,徐霞客行囊里装着一大摞饱含梁皇街百姓热情改良过的麦饼就上路了,故宁海人现在也将麦饼称为"霞客饼"。

▲ 搜集整理　葛云高

童年记忆

麦饼的味道

文 / 邹美琪

昨天,朋友邀我出去玩,逛到一半,肚子饿了,问到宁海有什

地道宁海味

么好吃的特产时,她强烈推荐我去尝尝宁海的麦饼。

一路上,闲着无事,朋友还给我讲了麦饼的故事。传说在南宋初,金兵大举伐宋,奸相秦桧对侵略者纳币称臣,苟且偷安,对抗金名将却一味打击。广大爱国军民对秦桧的卖国行径恨之入骨,于是将麦粉和油放进烘缸里烤制成饼,起名曰麦缸饼(谐音"卖国饼")。此饼别有风味,松脆喷香,往来旅人常备为干粮。时间久了就叫成了麦饼,但是在浙江一些地区,还是有人爱叫它麦缸饼。

还未见到麦饼,先闻其香,一股烙南瓜饼的焦甜味充斥鼻腔。走近一看,见到师傅正在烙麦饼。烙麦饼要掌握火候,一般在大铁镬里完成这道工序。把做成的麦饼贴在锅上,等麦饼的皮有点焦黄,翻个面,再烙,另一边也焦黄了,就把麦饼拿出来,在铁镬里放一个麦饼阁(土制,弧形的道具),再把麦饼放在四周,把铁镬盖盖上,连续翻三次,麦饼就熟了。刚掀开铁镬盖,一股香味扑鼻而来,我们没有吃时,口水就流下来了。

队伍终于排到我们了,近看才晓得麦饼的完整制作过程。里面的馅,依稀可以看见有霉干菜或咸菜的,加上肥肉丁,加入调料一起拌匀,置于一旁的碗里面。再和好面团,在面粉里加少许水,放个鸡蛋。揉均匀面团,随后把面团捏成碗状,放进事先备好的馅,再把面团捏拢,在面板上用擀面杖把鼓鼓的面团擀平,成为盘状,擀得越薄越好,但不能露馅,就做成了麦饼。师傅用油纸包好,我们一人拿着一份麦饼,一口咬下去,嚼劲十足,细细品味,

麦 饼

能吃到丰富的馅料，鸡蛋、肉、葱……

过去，夏天麦收后，宁海上路家家做麦饼当中饭；出远门时，家人会做麦饼，给外出的人在半路上充饥。冷的麦饼，肉的味道沉淀下去，吃起来更筋道。据史料记载，徐霞客于宁海开游，从宁海出西门三十里，夜宿梁皇驿，以麦饼作干粮，对香气浓郁的宁海麦饼赞不绝口。

当然，麦饼的馅有多种，想吃甜的可以放芝麻海苔，想吃咸的可以放鸡蛋、虾皮、苔菜、豆腐、瘦肉、香干等。如果你是来宁海游玩，离开时不妨带上几份给家人尝尝。

地道宁海味

私房菜谱

· 麦 饼 ·

原料：

麦粉（1斤麦粉大概可以做4—5个麦饼）、馅料、油、水等。

用具：

案（面）板、擀面杖、平底锅（或大铁镬或鏊盘）。

制作过程：

① 面团揉制。秋冬用温水，春夏用冷水，用具为不锈钢盆、塑料盆均可。先用面粉顺（逆）时针方向擦盆，直至面盆内壁光亮。然后，少量多次地加水。加快了会影响面团的韧性。待所有面粉充分吸水形成雪花片状，即可停止加水。边加水边搅拌，与此同时，把沾在双手上的面粉揉搓干净，必要时可沾点水。手上的面粉清理干净后再将面粉揉成团。揉面时用双手反复揉搓，揉至面团光亮结实、柔软为止。做甜麦饼的面团需稍硬些。再往面团上滴几滴油，揉匀面团，放置待用。和面（揉面）在面食制作中是基本功，起着至关重要的作用，直接关系着面食的外观和口感。熟练者在和面过程中、和完面后，面盆上基本不沾面粉，面团也不会黏手。

② 饧面。和完的面团盖上盖子或食用保鲜膜约20分钟（天气干燥的日子，可在面团表面抹点水），再反复揉至面团光滑细腻。硬面（面条类），一般要饧半小时左右，软面（饼类）则要20分钟。饧好的面团做成的成品表面光滑又有韧性。

面团的软硬有讲究。做面条时，面团要适当硬些，再在面粉里稍加点盐，会让面条吃起来更筋道。做饼时面软些，做包子、馒头和饺子时，则要软硬适中，太软了，除了口感差，也易变形，影响美观。

③ 馅料制作。

芝麻海苔馅

原料：芝麻、海苔、食盐、蒜末、色拉油。如果要制作甜馅，只要将海苔搓成碎末，加芝麻、白糖、适量

麦 饼

色拉油拌匀即可。

制作：海苔里加一些蒜末，撒少许食盐，倒入植物油搅拌均匀即可。

🍲 咸菜冷饭馅（咸）

原料：咸菜、冷饭、猪油。

制作：取锅烧热，放入适量猪油，加入咸菜和冷饭翻炒成熟即可。

🍲 虾皮馅（咸）

原料：虾皮、蒜末、食盐、色拉油。

制作：在虾皮里放些蒜末，加适量食盐，倒入色拉油拌匀即可。

🍲 南瓜馅（咸）

原料：南瓜、蒜末、盐、色拉油。

制作：①南瓜刨丝，加盐搓，去水。大蒜切末。

②南瓜丝加蒜末、盐、色拉油拌匀即可。

🍲 鲜肉馅（咸）

原料：猪肉、葱末、盐。

制作：将猪肉剁成末或泥状，加葱末、盐拌匀即可。

🍲 牛肉馅（咸）

原料：牛肉、葱花、盐。

制作：将牛肉剁成末或泥状，撒上葱花拌匀，加盐、料酒等调好口味即可。

🍲 霉干菜肉馅（咸）

原料：霉干菜、五花肉、盐。

制作：将霉干菜切细，五花肉

剁成末或泥状,加盐、料酒拌匀即可。

土豆馅(咸)

原料:土豆、五花肉、葱花、少许食盐。

制作:将土豆去皮,蒸(煮)熟,压成泥状,五花肉剁成末或泥状,放锅里炒熟,加土豆泥、盐、料酒、葱花拌匀即可。

如今,麦饼馅料更丰富了,人们对麦饼的馅料进行了更多的创新,如野菜馅、虾仁馅等。

下面以海苔咸麦饼为例阐述后续步骤。

4 撒少许干粉于案板上,抹匀,从大面团上摘下一小团置于案板上,揉搓成圆球状,慢慢按压成稍大的厚圆饼。

5 舀一勺猪油,在厚圆饼上涂一层猪油,抓一把海苔馅料裹进里面,捏成包子状,置于撒了干面粉的案板上,用手慢慢按扁。

6 用擀面杖从中间向四周擀,用力均衡,并不停地旋转麦饼。擀得不好,只有中间有海苔馅,周边全是面皮,那口感就差了。擀时不断翻面,正反两面轮流反复往外擀,直到擀成又大又圆、海苔均匀铺满的厚约2毫米、直径约30厘米的薄圆饼。

7 取平底锅、大铁镬或鏊盘烧烫,火力调至中火,放饼下锅,如果火力太猛,则容易外焦里生。

8 待饼坯表面稍有凹凸冒泡时,再翻面烙。为使麦饼受热均匀,用手抵着麦饼或借助小铲子不停地旋转麦饼,如此翻面三四次,熟透,即可出锅。

· 肉灌蛋麦饼 ·

原料:

麦粉、肉馅、鸡蛋、水等。

用具:

案(面)板、擀面杖、平底锅(或大铁镬、鏊盘)。

制作过程:

1 肉灌蛋麦饼面团的调制与普通麦饼面团的相同,即将小麦粉加水(按一定比例)揉成面团,盖好膜饧半小时。此时面团较黏,可以加点干面粉,再和一下,不黏手即可。

2 将猪肉剁成末或粒状,霉干菜

麦 饼

洗净切成末状，如是芥菜，洗净氽水（氽水时放一点碱，氽出来的芥菜会又绿又软），再挤掉多余水分，剁碎。

3 猪肉末或粒加霉干菜末（或芥菜末）、葱末、盐、料酒等拌匀制成肉馅。

4 鸡蛋打散待用。

5 将面团搓成粗长条形，再切成一个个小面团，取一块捏成碗状，揩一层猪油，放进肉馅，再把面团捏拢成馒头状。包好馅后，倒扣在案板上，手按一下，用擀面杖把面团擀开成一个3至5毫米厚、直径约30厘米的薄饼，不能露馅，就做成了饼坯。

6 取大铁镬或鏊盘烧烫，用油刷刷一层油，加热到八成热，直接把饼摊在锅里。

7 开中小火，饼烙至六成熟时翻面，翻好之后刷上油，烙另一面，再翻面，再刷油。

8 烙至热气让麦饼鼓起来时，在饼中心戳一小洞，将蛋液顺着筷子灌到麦饼里，然后中小火烙一会儿，翻面几次，等蛋液凝固了，饼皮金黄了，即可出锅。

地道宁海味

· 豆腐麦饼 ·

原料：

麦粉、豆腐、蛋、豇豆、茭白、葱、水等。

用具：

案(面)板、擀面杖、平底锅(或大铁镬、鏊盘)。

制作过程：

1 取适量面粉放入容器中,加少许水,慢慢拌和,待水分被完全吸收后,再加少许水拌和,如此重复,待所有面粉充分吸水形成雪花片状,即可停止加水。

2 接着,用双手反复揉搓,揉至面团光亮、结实、柔软为止,此时面团软而不烂、韧而不硬。

3 再往面团上滴几滴油,揉匀,放置饧面待用。

4 逐一将瘦肉、肥肉、茭白、豇豆、豆腐切成丁,将葱切成末。

5 取锅烧热,倒入少许植物油,先放入肥肉丁熬出猪油,再倒入瘦肉丁炒几下,倒入茭白丁、豇豆丁翻炒几下,再倒入豆腐丁翻炒,盖上锅盖,2—3分钟后掀开锅盖,加盐调味,翻炒出锅装盘。

6 撒少许干面粉于案板上抹匀,从面团上摘下一小团置于案板上揉搓成圆球状,按压成稍大的圆饼,用擀面杖擀成厚2毫米左右、直径约30厘米的薄圆饼。

7 小碗里打一只蛋并打散,舀出4—5勺的豆腐馅,用筷子搅拌均匀。

8 在擀成的圆饼下面垫上半个麦饼大小的硬壳纸,将豆腐蛋馅铺在圆饼坯皮的半侧,边缘留一些空间,再将另一半坯皮向上对折盖住馅料成半圆形。接着轻轻按压上下两边的边缘,使边缘的上下饼皮黏合在一起,可用碗倒扣切边来定型。

9 取平底锅(或鏊盘)烧热,刷点菜油,转为中火,平放入半圆形的麦饼坯,不时地用手按压边缘,以免上下两面饼皮分离。待饼皮稍微有点凹凸冒泡,再翻个面,借助小铲子不停地旋转麦饼,或将麦饼立起来,使其受热均匀些,如此反复几次,待麦饼两面都有焦黄点出现,就可以出锅了。

麦 饼

· 肉麦饼 ·

肉麦饼的制作方法与普通麦饼的类似，馅料制作方法与前面提到的海苔麦饼一样，只是饼团中包入鲜肉馅后制作难度加大，另外，面团较海苔麦饼的面团软些，饼坯较海苔麦饼的饼坯厚些。

原料：

麦粉、猪肉、葱、猪油等。

用具：

案(面)板、擀面杖、平底锅(或大铁镬、鏊盘)。

制作过程：

1 制作肉麦饼的面团与制作海苔麦饼的面团和面、揉面的方法一样，只是制作肉麦饼的面团要相对柔软一些，所以加水量稍多一点。揉至成光亮、结实、柔软的面团，再往面团上滴几点油，揉匀面团，放置饧面待用。

2 逐一将瘦肉、肥肉切成丁，将葱切成葱花。

3 将肉丁放入冰箱冷藏20分钟，便于制作。

4 撒少许干面粉于案板上，抹匀，从面团上摘下一小团置于案板上揉搓成圆球状，用手慢慢捏成稍大的厚圆饼。

5 抓一把鲜肉末和葱末裹进圆饼中间，捏成包子状。

6 接着，用擀面杖从中间慢慢推开，并不时地旋转面饼。案板上要事先撒上干面粉，不然容易黏住面饼。

7 取平底锅(或鏊盘)烧热，转为中火，放入圆形麦饼坯，待饼皮稍微有点凹凸冒泡，再翻个面，借助小铲子不停地旋转麦饼，使其受热均匀。如此反复几次，待麦饼两面都有焦黄点出现，就可以出锅了。

▲ 搜集整理　林亚娟

麦饺筒

有人说我生麦家,
有人说我生米家。
两家育我都有恩,
生来且是皮包骨。
——打一食物

麦饺筒

《关中记》中记载唐人于"立春日作春饼,以春蒿、黄韭、蓼芽包之",并将它互相赠送,取迎新之意。可见,麦饺筒早已为人们所食用。

民间传说

麦饺筒,又叫麦糊筒、麦焦筒、米筒。相传为济公所创。

传说,济公在国清寺为僧的时候,国清寺要建造观音殿,消息一传开,天台城里城外的许多能工巧匠都赶来帮忙。那些工匠搬的搬,抬的抬,锯的锯,刨的刨,工地上热闹非凡。可是开工不到半个月,因为工匠人数众多,寺里化来的米快吃完了,只剩几袋米和麦粉了。老方丈十分担心,想叫济公打发工匠回去,暂停建造观音殿。

济公说:"那怎么行,如果叫他们回去,这观音殿何年何月才能完工啊?"

老方丈说:"没东西给他们填肚,也是枉然!"

济公遂问道:"粮仓里还有什么可吃的?"

老方丈说:"只有几袋米和麦粉了。"

济公听后,哈哈一笑,说道:"这就有办法了。"

老方丈一看济公高兴的样子,也笑出声来,心想:粮仓几十袋米都快吃光了,这几袋米和粉能解决工匠们的吃饭问题?于是摇摇头说:"啊呀,别开玩笑!"

济公朝老方丈笑笑说:"先吃了再说,再派人去化缘就是了。"

老方丈一听,就说:"济公到厨房去帮忙做饭吧!"

济公说:"好的!好的!"

济公想出了一种办法。

他将米浸泡至发胀,再磨成水磨粉,与麦粉拌成糊状,在平底锅上摊成圆形的饺皮,如同春饼,又将番薯、青菜、洋芋等炒好。各人可根据自己的喜好添加这些馅儿包裹起来吃。众位工匠一吃,味道极美,外面香脆,里面酥软,一咬,一嚼,那滋味呀,没得说了!同时又烧了几锅白菜、萝卜汤,工匠们吃得饱饱的,干起活来劲头十足。

人们问济公:"这是什么东西?"

济公说:"这是米粉与麦粉混合一起而制作的食品,就称为'麦饺筒'吧!"

麦 饺 筒

从此，麦饺筒在台州各地流行，古时宁海属台州，因此也成为宁海的一种小吃了。

▲ 搜集整理　葛云高

童年记忆

妈妈的麦饺筒

文 / 陈尔暄

麦饺筒是宁海一种特色小吃。用一张圆形的面皮，将各种菜炒制后混在一起裹成圆柱状，面皮两面煎成焦黄，香味四溢，馅多味美，又香又脆。当然宁海各处麦饺筒的馅料也大有不同，有面干、豆芽、芹菜、海带、土豆、萝卜丝等，只要是你想得到的菜，均可裹进麦饺筒里，所以做麦饺筒也称得上是一项发挥创造力的"工程"了吧。

妈妈可是做麦饺筒的一把好手。她习惯在麦饺筒里裹上番薯面、海带、土豆、芹菜、香干、豆芽、肉丝，再加点胡萝卜丝点缀。如此丰富的材料，再加上她总是用自己炸制的猪油来炒，因此妈妈做的麦饺筒在亲戚朋友那里是出了名的好吃。每到她做麦饺筒那天,家里总是高朋满座,大家赞不绝口地吃完了还不忘带走一些,而妈妈免不了忙前忙后。

做麦饺筒所需食材很丰富,必须提前一天去买,不然会弄得手忙脚乱。

做麦饺筒的步骤很复杂,要把所有材料洗干净,再将海带、土豆、芹菜等切成条。妈妈的刀工很好,切条又快又均匀,我的笨手是实在帮不上忙的。

做麦饺筒是个细致活儿,要把每根黄豆芽拉出来"做个手术",切除它们的"小尾巴"。因为妈妈说把豆芽根炒进料里会影响麦饺筒的口感。刚开始我不懂,就傻傻地一根一根拉出来择。做得多了,我才发现连择根都是有窍门的:先把豆芽泡进水里,带根的一头会自动向上浮,这样就可以一把抓住好多"小尾巴",比一根一根择快多了。

　　炒制是个技术活儿。妈妈会先将肥肉放进锅里煸出油,接着将处理好的食材分锅炒熟,然后拌在一起。在炒不同的食材时妈妈会放不同的辅料,比如烧海带时会放大蒜,炒土豆时先用洋葱爆香⋯⋯肉油加上丰富的辅料炒出来的食物香气四溢,整幢房子都弥漫着馅料的迷人香味,令人垂涎三尺。

　　摊面皮是个功夫活儿。首先面糊不能太稀,不然摊出来的面皮容易破;也不能太干,不然面糊在锅里摊不开。再者摊面皮的火候还要掌握得恰到好处,温度太高容易变焦,温度太低容易变硬。但是看妈妈的绝活儿——等锅热了,抓一手面糊在煎饼锅上随便转一圈,一张面皮就摊好了,连工具都不用。拿起面皮仔细看,还能做到厚度基本均匀,真是神了!我也学着妈妈的样子抓了一手面糊,刚要下锅,就被烫得受不了了。

面皮摊好后,剩下的就是包了。妈妈很客气,每张面皮里都放很多馅料,包起来的麦饺筒胖鼓鼓圆滚滚的,看着就想咬一口。等客人来了,妈妈就将它们放进锅里煎至两面金黄。此时的麦饺筒是最好吃的,一口咬下去,外皮的酥脆和馅料的丰富香味在口中混杂,令人欲罢不能。

尽管现在妈妈年纪大了,不似以前那样频繁为美食忙碌,但是她做麦饺筒的热情丝毫未减。我家的麦饺筒,也成了我们村里人心中最难忘的品牌。

麦饺筒

· 麦饺筒 ·

原料：
小麦粉500克，海带（或海藻）125克，萝卜丝干（浸涨沥干后）200克，豆面（或番薯面、粉丝面）250克，绿豆芽（或黄豆芽）250克，猪肉200克，豆腐500克，茭白（或冬笋）250克，红萝卜100克，莴苣200克，葱125克，盐、料酒等调味料。

用具：
平底锅或鏊盘、炒锅、锅铲、刀、砧板、米筛等。

制作过程：

1. 将麦粉放在面盆中，在麦粉中慢慢加水，一边加水（水不能急着倒下）一边用箸（筷子）顺着一个方向调打成糊状。

2. 面糊调好后静置饧面半小时到一小时，待用。

3. 如果在麦粉中加入一种食材，即艾青，成熟后的筒皮呈青色。具体做法是将艾青剁成泥，与麦粉混合，再边慢慢加水边用箸顺着一个方向调打成糊状，静置饧面，即可。

4. 萝卜丝干和海带（或海藻）用水浸涨，拣去杂质，洗净，放入高压锅中，再加些五花肉或肉骨头一起焖，熟透后出锅，沥去水分待用。

5. 用热水浸泡豆面（或番薯面）。

6. 将豆腐切成片状待用。

7. 绿豆芽洗净，摘除根部，放入盘中待用。

8. 猪肉、茭白（或冬笋）、红萝卜、莴苣、葱等其他馅料都切成丝状，分别盛放，待用。

9. 洗净炒锅，烧热，锅中加少许猪油，放入已浸涨的豆面（或番薯面），调味，煮炒成熟，装入盘中。

10. 洗净炒锅，大火烧热，放入少许油，倒入焖制后的萝卜丝干和海带（或海藻）翻炒，调味，炒熟后撒上大蒜苗，出锅装盘。

11. 洗净炒锅，大火烧热，放入少许油，倒入绿豆芽，翻炒，加些葱段调味，熟后出锅装盘。

12. 同样的方法将猪肉、茭白（或

冬笋)、红萝卜、莴苣等丝状馅料分别翻炒、调味、炒熟,再各自装盘。

[13] 取锅文火烧热,倒入少许色拉油,放入片状豆腐煎制,两面煎成金黄色,出锅,切成丝,装盘待用。

[14] 取鏊盘,文火烧烫,鏊盘底用蘸过油的油丝毡抹一下。

[15] 用手抓一小团面糊,直接在鏊盘上顺一个方向抹,成一张直径25厘米左右、薄如纸的圆形麦饺皮,见熟色立即起锅。

[16] 将熟制的各种馅料按个人喜好放置在饼皮上,用筒皮把料理包卷起来即可食用。

· 米 筒 ·

米筒的馅料与麦饺筒的馅料一样,凡是麦饺筒的馅料都可以用作米筒的馅料。可以根据个人饮食喜好、季节时令、地方特色等进行馅料的选择和搭配,各种馅料量的多少也可根据个人喜好进行配制。

米筒与麦饺筒的做法相似,包括筒皮的制作、馅料的制作,以及成品形状等都相似,但是它们又有所不同,两者之间最大区别在于制作筒皮的原料不同。

原料:

大米500克,海带(或海藻)125克,萝卜丝干(浸涨沥干后)200克,豆面(或番薯面、粉丝面)250克,绿豆芽(或黄豆芽)250克,猪肉200克,豆腐500克,茭白(或冬笋)250克,胡萝卜100克,莴苣200克,葱125克,盐、料酒等调味料。

麦饺筒

用具：

平底锅或鏊盘、炒锅、锅铲、刀、砧板、米筒刷、米筛。

制作过程：

❶ 将大米淘洗后置于桶中，加水浸没，浸泡12小时以上，再用碾米机将米连水一起碾成米浆。将麦粉和米粉按1:1的比例拌匀，慢慢加水，一边加水（水不能倒得太急）一边用箸顺着一个方向调打成糊状，面糊较麦饺筒的稀。调好后放置半小时到一小时，待用。

❷ 馅料制作、筒皮制作和包卷方法均与麦饺筒一致。

▲ 搜集整理　林亚娟

麦糊头

薄如纸,
形如帽,
只哄嘴,
不遮阳。
——打一食物

麦糊头

麦糊头,是在麦饺筒的基础上发展来的,制作比麦饺筒简便。每到元宵、立夏、七月半等节日,宁海西乡的家家户户都会做麦糊头,并以之祭祖。

民间传说

相传,很早前的上金,有户金姓人家,生了两个儿子,大儿子娶亲已经一年,小儿子也定亲了。这户人家生活过得不甚富裕,但也不算贫困。

且说这户人家的大媳妇,勤劳善良、敬老爱幼,是邻近乡村中有名的好媳妇。平时村里老年人谈起,总是羡慕地说:"媳妇好,勿烦恼,家有这样的好媳妇,做公婆的总算有福了。"

金婆婆有大媳妇,心里十分高兴,不到两年,就把当家权交给了大媳妇。

隔壁的三叔婆是个有名的"搬嘴婆",她趁金婆婆到她家串门之际,悄悄对她说:"伯姆哎,我们年岁都七老八十了,从小以来听得多,十个媳妇九个奸。你家媳妇会有这么好,你心里有否细细忖忖?"

金婆婆却不把三婶的话记心上,说:"媳妇的确很好,全家人的衣服鞋子洗涮全包了,三餐茶饭不用我管,连家里的地面也不让我来扫。"

三叔婆眉头一皱,说道:"哼,你这个老太婆脑子不灵光,俗话说,树大要分权,儿大要分家。你有两个儿子,小媳妇未进门,她是咬着牙献殷勤,实际肚里有私心。她当家掌权柄,做衣的布,就要偷偷往箱里放,烧饭的米,就往甏里藏。你可要当心啊!"

金婆婆听了三叔婆一番话,当面摇头表示不相信,可是肚里也产生了一些疑心。

这一年,大旱。第二年开春,青黄不接时,金婆婆家生活更艰难。可是贤惠的媳妇,还是和以前一样孝敬公婆,把借来的米,熬粥给公婆吃。而她自己瞒着婆婆把最差的麦粉调成糊状,用文火将平底锅烧红,右手撮一小团麦糊,在锅上迅速一圈圈涂成圆形的薄饼,然后在饼面上放一点猪油,放上一些野蒜(俗称的"里蒜",就是一种草本植物,地下有小鳞茎,气味香)。一会儿,饼子周边翘起来,就将它顺势揭起,一张草帽型的麦糊头就做成了。虽然粗糙难咽,但她生怕婆婆见了难过,总是偷偷地吃。

且说老婆婆三餐粥汤喝得无味道,又吃不饱,三叔婆的话渐渐浮上心头,是呀,知人知面不知心,媳妇为什么自己吃的东西要瞒着我?

一天,老婆婆趁媳妇出门到溪坑去洗衣服,搬来一条板凳,将悬挂的竹篮拿下来,看媳妇吃的食物。竹篮里一只只薄薄的饼,香喷喷的,她就撕了一小块往嘴里塞,啊呀,糙得很,舌头嘴巴被戳痛了。

这时,门"吱啊"一声响,媳妇洗衣回来了。来到她的跟前,连忙将竹篮挂回去,埋怨地说:"婆婆您年岁大了,吃这东西要噎喉咙的。"这时,婆婆愧疚地说:"我以为你做了好吃的东西藏着自己吃,不让我们吃,是错怪你了,你为度荒节约粮食,吃这东西,真是一片孝心,是我家的福分啊。但这东西叫什么名堂呢?"媳妇说:"这是我用麦粉调成糨糊状制成的,就叫'麦糊头'吧!"

从此,这种以麦粉拌和菜肴制作的食品流传开了。后来就用上了上好的白麦粉,加点食用油、鸡蛋、葱花、蒜泥等做成饼状,香酥清脆,美味无比,成为宁海有名的小吃了。

▲ 搜集整理　葛云高

童年记忆

仙溪的麦糊头

文 / 杨小娟

秋高气爽的周末,一家人去浙东大峡谷,中午无意中迈步走进岔路有名的仙溪酒楼,有幸尝到久闻大名的麦糊头的味道。

刚坐好,店家就端上来一盆白色葱卷皮一样的东西,就像一张白白的纸,一戳就破,真可谓薄如蝉翼啊!里面撒着一些蒜

地道宁海味

末,阵阵蒜香味扑鼻而来,毫无疑问地勾起了我的食欲。

"这是什么?"

"这就是我们店的特色小吃——麦糊头,得趁热吃。"

我一听,这就是传说中的麦糊头啊!它可是我魂牵梦萦的东西,我可得好好尝一尝,回去也可以向我的朋友们炫耀炫耀。轻轻一咬,哇!饼皮脆生生的,蒜味香喷喷的,薄脆的口感瞬间在牙齿间爆炸,真的让人欲罢不能。

吃着这么美味的麦糊头,我的心里又涌出一个去厨房偷艺的想法。看到煤气灶上放着两个大鏊盘,火苗呼呼地蹿着,旁边有两个脸盆装着蒜末,地上放着两大塑料桶的粉糊糊。只见一

麦糊头

个大婶用手抓起一团面糊放到鏊盘,摊开,手掌迅速一圈圈将其涂成圆形的薄饼,再舀一勺蒜末在饼面涂上一层,一会儿,饼子周边翘起来,大婶灵巧地顺势揭起,一张薄如纸、圆如镜、透光亮的饼就好了,揩上油、葱、蒜,香味四溢的麦糊头新鲜出炉了。

我手痒痒的,也想露一手。于是,我向大婶请求,让我来试一把,摊坏的算我买下的。不等她表态,我就出了手,抓起一把面糊往锅里涂,失败。

"你这样做,我们店要亏的。"

是啊,我摊得又厚又丑,浪费原料又耽误生意,怎么行呢?

我问大婶这麦糊头得怎么做,这粉又该怎么弄。大婶见我没有再浪费她的粉,又问到了她最拿手的活儿,滔滔不绝地给我讲起来。

自家做的麦糊头跟这饭店做的又不一样,家里做怕麻烦,不用鏊盘,就用家里的土灶。用手抓起一团调好的面糊放到铁锅里,摊开手掌从锅的边沿迅速一圈一圈往锅底涂成圆形的薄饼,再舀一勺蒜末在饼面上涂一层,一会儿,饼子周边翘起来,就顺势揭起,一张草帽状的麦糊头就完成了,"帽"底焦黄,"帽"面喷香,对拗切开装盘,就成了毫不留情勾你食欲的美食。大婶还告诉我,还有一种麦糊头,现在更是少见,那就是"苞芦(玉米)麦糊头"。先将苞芦轧成粉,用水调和,把里蒜和蒜泥均匀调入苞芦粉中,再把调好的玉米糊均匀摊在大铁镬里,待烤熟后,慢慢起镬,一张苞芦麦糊头就做好了。这种苞芦麦糊头具有薄、松、脆、酥、香的特点,口味、口感好,深受当地人和客人的喜爱。

听着大婶的话,我觉得这个周末真是不枉此行,既如愿以偿地品尝到了梦寐以求的岔路麦糊头,又知道了那么多有关麦糊头的知识,更是让我这吃货的资历得到了提升。

私房菜谱

· 麦糊头 ·

原料:

粉 250 克,鸡蛋 500 克,葱 200 克,豆豉酱、猪油、盐少许。

用具:

平底锅或鏊盘。

制作过程:

1. 将麦粉放在面盆中,加少许盐,在麦粉中慢慢加水,一边加水一边用筷子顺着一个方向调打成糊状,面糊较麦饺筒的要稀些。

2. 面糊调好后静置饧面半小时到一小时,待柔韧后使用。

3. 打一只鸡蛋,蛋液打散(一般 1 只鸡蛋可做 1—2 个麦糊头)。

4. 葱切成葱花。

5. 取鏊盘洗净,文火烧烫。

6. 用手抓一小团粉糊,直接在鏊盘上顺一个方向掸抹,或用棕丝刷把稀面糊刷在鏊上,成一张直径 25 厘米左右、薄如纸的圆形筒皮。

7. 在圆形筒皮上撒上细盐,刷上鸡蛋液,再刷豆豉酱少许,加一点猪油提香,再撒上葱花,熟透后折三折,装盘即可食用。

也有较省事的,可直接在麦糊头上揩点猪油,撒点蒜末或葱花,稍烙一下,熟透即可出锅,折三折后装盘即可食用,松脆喷香,风味独特,同样非常可口。

▲ 搜集整理　林亚娟

前童三宝

土里下种,
水里开花。
袋里团圆,
案上分家。
——打一食物

元代诗人郑允端有诗云:种豆南山下,霜风老荚鲜。磨砻流玉乳,煎煮结清泉。色比土酥净,香逾石髓坚。味之有余美,五食勿与传。这是对豆腐传承最形象的描述。

民间传说

相传,公元549年,南朝梁武帝因过分迷恋佛教,不理朝政,部下侯景篡夺了他的政权,活活把梁武帝饿死,自己做了皇帝,还要追杀梁武帝的皇室成员。

且说梁武帝立的昭明太子的第三个儿子萧詧(音chá,同"察")是岳阳王,当时在浙东会稽郡任太守。得悉之后,马上带上王妃、太尉、贴身侍卫等向南逃。

一日,他们逃到了宁海的桐柏山下,只见不远处有一寺院,慌忙上前叩门。好一会儿门才打开,走出一个老和尚,他向小梁王问道:"施主为何而来?"小梁王将自己的身世遭遇向老和尚说了一遍。老和尚甚为同情,便马上让他们进寺休息。

老和尚先指挥僧众将大门插上碗口粗的门杠,再杵上四根大树段,又令徒弟们把小梁王和王妃从后墙背出去。

小梁王和王妃穿柴丛、爬峭壁,好不容易逃到"双大门岩"下的岩洞中躲藏起来。

不一会儿,侯景追兵赶到了,他们撞破了寺门,搜查小梁王,

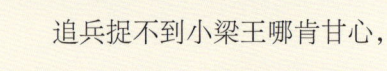

不见踪影,只搜出一位年迈的太尉,他遭严刑毒打,不肯吐露半个字。而后被杀死在古驿站边的十字路口。

追兵捉不到小梁王哪肯甘心,就到山上去搜寻。在搜找时,追兵头目被一条毒蛇咬了双脚,痛得哇哇直叫。他认为是天意,就不再追寻。

追兵退后,小梁王拜谢老和尚,并问他此地何处。老和尚告诉他:"此地是宁海的桐柏山,鄙寺乃称'稍场'是也!"

小梁王经历过这场大难后,心灰意冷,见这里地处偏僻,且风光秀丽,便决心隐居于此。于是,他打发王妃到附近一处尼姑庵带发修行,自己则留在"稍场"终日念经吃素,过着出家的生活。

一天,小梁王的王妃来到前童街上购买日用品。时值中午,她走进一家饭店吃饭,这家店里有炒黄豆、黄豆芽、煸黄豆,但不见有豆腐。她想:当地百姓吃豆太粗糙,可能不知将豆做成豆腐。

第二天,王妃带上随行御厨又来到这小饭店,并与店主说:"我今天带厨头来,用黄豆做一种新食品,你看好否?"店主一听,连忙说:"好的!好的!这真是难得啊。"于是,店主拿出了黄豆。

厨头将黄豆用水浸泡,再用石磨磨,过滤,加热成浆,用盐卤水点之,遂成脑状,又放在一只方形的木框里,变成了豆腐。豆腐制成后,白嫩细腻,大家一尝,味道好极了。店主高兴异常,遂问道:"这食品叫什么名堂?"王妃说:"这食品叫作'豆腐'。"

从此，店主学了制作豆腐的技艺，逐渐流传开了。后来厨头又教店主做油豆腐和香干的技艺，从此前童有了三宝：豆腐、油豆腐和香干，一直流传至今。

公元552年，梁朝大将陈霸先、王僧辩率领大军从江陵出发，进攻建康，把侯景的叛兵消灭后，又得知萧詧大难没死，在宁海的桐柏山隐居。于是，梁朝遗留的文武大臣请萧詧出山。

萧詧被接到建康当上皇帝（史称梁宣帝）。因梁宣帝在桐柏山避过难，于是，人们就把桐柏山改名为梁皇山，他住过的"稍场"佛寺遂改名"梁皇寺"了。

▲ 搜集整理　葛云高

童年记忆

豆香味的旧时光

文／童嘉纹

二十六年前，我出生在前童，在小镇里成长，直到我出嫁……那是一段飘着豆香味的美妙时光。

上小学，穿过好多鹅卵石小路，两边的房屋大多用石头砌

成,石头缝里冒着些许青苔。这些小屋总是不怎么明亮,一扇小门半掩着,透过这些门缝和门上已经破了的塑料纸总能飘出浓浓的豆香味。有几个人影围着大木桶,腾腾的热气让我看不清他们的模样,只知道他们在做豆腐。家里的餐桌上偶尔会有邻居送来的豆腐或者豆浆。

长大以后,学业越来越繁忙,去了外地求学。不知道什么时候起,县城流行起了"前童三宝"。那是指豆腐、香干和油豆腐。说是三个名字,其实都是豆腐的"衍生品"。

豆腐,或油煎,外酥里嫩;或水煮,入口即化,甚至就倒点酱油蘸着吃也是极好的。

香干,将豆腐切成半个手掌的大小,用小纱布包好,挤出里面的水分,再依次整齐地铺开,最后用前童人特制的香料烘烤而成。外表的调料味和里面的豆香已经不需要任何加工,就足以让你齿颊留香。

油豆腐是将豆腐切成丁状,放进油锅里一炸,原来的豆腐便会膨胀,外表酥黄,内里空心,只要蘸一点酱油,便让人"爱不释口"了。

在游客们必去的前童老街,就有好几家店铺现场制作豆腐、香干、油豆腐和豆浆。工作之余曾几次接待朋友、同事到古镇游玩,这些店铺总是人满为患,生意兴隆。作为一个地道的前童人,我知道最好吃的"前童三宝"不在游客密集的老街,而在那些老一辈手艺人的手工作坊里。作坊里的设施也显简单,一口土灶,一台磨豆的机器,大大小小的木桶,长长的竹排等。每天,当我们还在熟睡时,夫妻俩就开始一天的劳作,从浸泡豆子开始,每一道工序都亲手完成,只求精不求量多,只在前童本地的市场摆摊,去晚了可能就买不到了。

出嫁以后,偶尔回家,买点解馋,那些老辈会亲切地送上问候:"今天回娘家啦?回来几天呀?……"对我来说,"三宝"的味道伴随着我的童年,那是家的味道。

豆 腐

[明] 苏平

传得淮南术最佳,皮肤褪尽见精华。
一轮磨上流琼液,百沸汤中滚雪花。
瓦罐浸来蟾有影,金刀剖破玉无瑕。
个中滋味谁知得?多在僧家与道家。

地道宁海味

私房菜谱

• 前童三宝 •

原料：
　　黄豆、盐卤、水。

器具：
　　磨（机磨或石磨）、豆腐桶、豆腐袋、豆腐架、帆布巾、方形成型盒、勺子。

制作过程：

1. 将黄豆拣去杂质洗净，浸涨。
2. 将涨豆与少量水磨成浆（从前用石磨），放置在豆腐桶里。
3. 将定量的滚水加入磨的浆中搅拌，形成汤浆。
4. 将豆腐架置于锅上，上设豆腐篮，篮内放豆腐袋，将汤浆用勺盛起倒入豆腐袋，双手使劲按压过滤成豆浆。
5. 将过滤后的豆浆在锅内大火烧开，立即撤掉剩余柴火，均匀点入定量盐卤并慢慢地搅动，凭经验眼视（最重要的一个步骤，直接决

定豆腐的老嫩、口感的好坏），豆腐清浆即成。

6 点卤清浆后，用勺盛起倒在放着帆布巾的方形成型盒里滤去水分，即成豆腐。

相关豆制品

在豆浆烧开过程中，上面结了一层豆油脂凝成的皮，用细竹棒撩起来，晾干，即成豆腐皮。豆腐皮富含优质的植物蛋白，放汤里吃是宁海的传统吃法。

桑洲豆腐

精猪肉用菜刀手工礦成糊状，豆腐压细，沥去水分。把肉糊和豆腐混杂（一斤豆腐三两精肉的配比），加适量盐、味精、姜末等一起均匀搅拌，用手掌沾一点老酒，取一小团豆腐肉糊，双手搓成5厘米左右圆球状，排在蒸笼格上，将豆腐肉圆蒸熟，再在有适量菜油的热鏊盘中煎，一面焦黄后，翻面再煎。吃时，把豆腐肉圆放油汤中滚开，即成一道香气扑鼻、令人回味无穷的桑洲独有的美食。

白豆腐、油豆腐、香干为豆制品"三宝"。

▲ 搜集整理　林亚娟

泮糕

软如棉被白如雪,
糯如麻糍甜如糖。
不煎不炒不用刀,
有酸有甜有酒香。

——打一食物

洋 糕

农历八月初三,城关、黄坛一带乡村有吃洋糕习俗。旧时每年的八月初,都是瓜熟蒂落、水果飘香、稻菽进仓之时,民间流传"寿三、寿三,饿到八月初三"的俗语,也就是说,从八月初三开始有饭吃了。为了庆祝五谷丰登、六畜兴旺的季节,每年八月初三,家家户户煮芋艿羹,蒸洋糕,做麦菓。

洋糕,宁波人称其水塔糕,一般做成圆形,放在蒸笼里蒸熟,称为一扇,象山一带则做成馒头状,故叫米馒头。洋糕是由大米发酵制作而成的糕点,味道软糯香甜,带有微酸,松软又不粘牙,弹性很足。

民间传说

相传在很久以前,有一个张郎,他出门做生意,一去杳无音信,家里的生活重担全落在了他妻子丁香身上。丁香拼命地干活持家,并先后殡葬了去世的公婆。

有一天,成了富翁的张郎回到家,娶了海棠,休了丁香。老牛拉着车子,毫无目的地把丁香拉到山中一间茅屋前,停下脚步不再向前走。这茅屋里住着一位老婆婆和她靠砍柴为生的儿子,母子俩相依为命。他们看到牛车停在家门口,认为是上天的安排,就收留了丁香。后来丁香与青年成婚,他们勤劳致富,成了一户远近闻名的富有人家。

过了多年,有人来讨饭,丁香发现他就是抛弃了自己的前夫张郎。张郎从前妻递给他的面条里吃出了他们结婚时的簪子和荷叶首饰,认出了被他休掉的妻子,羞愧难当,一头钻进灶火里烧死了。张郎死后,魂魄到处游荡,大庙不留,小庙不收。

玉皇大帝下界视察,恰遇到张郎,由于他们同姓,便封他一个灶王官的名号,职司人间善恶。于是,人们就称他为"灶王爷""灶君菩萨"。

有一年,宁海遭遇旱灾。范家村范方的媳妇王英求灶君菩萨,请他上天去向玉皇大帝禀告。她说道:"灶君菩萨啊,你是上天言好事,下界保平安。现在我们百姓碰上大旱年,眼前庄稼枯死,今年收成一定不好。请你上天去向玉皇大帝禀告,快叫龙王降雨,救救百姓吧!"灶君菩萨听后,就上天去向玉皇大帝求情。玉皇大帝命龙王降雨。"哗哗"一场大雨降下来,旱情解决了,庄稼还了魂。七月下旬收稻谷,还是好收成。八月初三是灶君菩萨的生日,王英想:新谷进仓了,不能忘记灶君菩萨的恩惠,要做一种新鲜的食品祭供灶君菩萨。

于是,她将米磨成米浆,放在一只桶里,将白药(一种发酵的药物)与白糖搅拌均匀,盖上平底锅盖,就让米浆在那静静地发酵。等米浆完全发酵了,看见一个个小泡泡往上冒,就可以蒸了。把蒸架放在锅上,再把一个竹子做成的圈圈放在蒸架上,然后把蒸架放在上面,把发好的米浆舀到里面,盖上锅盖开蒸。四十分钟后,把火撤了,再焖一会儿,揭开锅盖,一团晶莹剔透的食品散

发出清香。把它切成三角形,装上两盆,就祭供灶君菩萨吃。

王英把食品分给左邻右舍品尝。大家吃了感到韧、软、爽、滑,很有嚼头,味道好极了,遂问王英,这食品叫什么名堂呢?王英一想,说:"这食品是米浆烊开来而制成的,就叫它烊糕吧!"后来渐渐写成了"洋糕"。

宁海有谚语:"寿三,寿三,饿到八月初三。""饿落伉,八月初三捣芋羹。"意指:八月初三是灶君菩萨生日,做洋糕吃芋艿羹为灶王菩萨过生日,饥饿的人也能吃一顿。因此八月初三做洋糕成为一个习俗,一直流传下来了。

▲ 搜集整理　葛云高

地道宁海味

童年记忆

我与洋糕的"和解"

文/方艺璇

乡下最不缺小巷,小巷最不缺热闹。年关将至,来来往往电瓶车、小轿车互相催让的喇叭声,左邻右舍搬凳子、嗑瓜子围坐谈天的闲聊声,小摊小贩过大街、穿巷子昂首叫卖的吵嚷声……所有的声响,打闹着,拥挤着,冲向耳畔。

听,这就来了。

"卖——洋糕——啰——卖——洋糕——啰!"

前音和尾腔拖得极长,像拉长了丝的糖画,飘飘摇摇,藕断丝连,中间的内容却是含混不清。"啊?卖什么?"我不由得极小声地嘟囔了一句。不想却被妈妈听到了我的小小吐槽,"卖洋糕呢。你吃不吃?我去买一块来。""洋糕?什么东西?"寻遍了脑海中的记忆影音,仍然一无所获,这难道是个什么新鲜的吃食不成?

"什么什么东西,洋糕就是你小时候吃过的米馒头。"说完,妈妈便紧赶着出门去追那一声愈行愈远的吆喝了。等到她回来,我一见那被切成三角形,用保鲜膜层层叠叠包裹着的洋糕便立刻皱了眉。"长这样?"我印象中好像是圆圆的两瓣,啪叽合成个球状的啊。"甜的吧?不要,我不吃。"

洋糕

就像网络上一直争论不休的南北之别一样,咸党和甜党也各自稳稳占据着美食届的半壁江山。而我,货真价实是个不折不扣的咸党。包子,吃;馒头,不吃。海苔饼干,吃;吐司面包,不吃。咸,吃;甜,不吃。所以,小时候曾被米馒头软软糯糯的样子欺骗过的我,断不会再度入坑。

"其实两种称呼一直都有在叫,洋糕和米馒头在样子上略微有些差别,但做法和用料都是一样的。只是我们深圳人吃米馒头多些。"我恍然大悟。"米馒头我知道,就是说它是用大米做的,长得像馒头呗,那为什么又叫洋糕啊?"妈妈耐心地解答我的疑问:"洋糕在蒸之前,需要'扬一扬',这样才能厚薄均匀。还有啊,蒸洋糕是用火'炀'的。这些都和'洋'谐音,所以就叫'洋糕'了。""现在深圳也不太做米馒头了,都是这种三角切块的洋糕,味道和以前不一样,你尝尝。"说着,妈妈递

了一块"白胖子"过来。

  我犹豫着接过，左看右看，上瞧下瞧，仍是不情愿下嘴。样子嘛，还是那样白嘟嘟的，拿在手里有些黏，仔细看侧边的切口还有气孔，就是不知道这口感究竟如何。翻来覆去将这"白胖子"转了好几个圈，好容易吃进嘴里。嗯？意外的有一股韧劲，也不发酸，留在口腔里的是淡淡的白糖香。"好吃诶！"我惊喜地望向妈妈。妈妈不回答，只笑了一笑。于是，剩下的那几块洋糕也被我一扫而空。

  盯着空空如也的盘子，我想，到了二十岁的年纪，我终于完成了与洋糕的"和解"。也许，人生路越往前走，越是与这个世界的善恶美丑，与个人的喜好和厌恶握手言和的过程。

私房菜谱

· 洋 糕 ·

原料：

大米粉 200 克、酒酿 200 克、耐糖酵母 3—5 克、白糖 30 克。

制作过程：

1 将粳米和糯米按 4∶1 的比例混合，用清水淘洗 3 遍后，放入清水中浸泡 12 小时（用温水泡 4—5 小时即可）。

2 将泡好的大米捞出，稍沥水，用石磨磨成米粉，家庭制作可以用豆浆机打成米粉。

3 用 30 毫升温水将酵母化开，酒酿倒在碗里打成糊状。将白糖、酒酿糊和酵母水均匀放入米粉中，缓慢加入 150 克水，边加边搅拌成米糊状。

4 保持温度在 40—50 摄氏度，容器盖上毛巾，每 30 分钟搅拌一次，发酵三次，直至米浆体积增加到 2 倍以上，有大量气孔，说明发酵完成。最后一次完成后，不要搅拌。

5 将发酵好的米浆倒入专用蒸制模具，家庭制作一般用蒸笼，蒸笼底铺好浸湿的纱布。锅中放冷水，用中高火蒸 25—30 分钟，再焖 5 分钟。米浆上可以撒上少许芝麻、桂花或葡萄干。冷却后，撕开屉布，切块。

宁海洋糕柔韧如绵，洁白如棉，而且醇甜适口，入口有股酒酿味，冷热均可食用，多食不伤胃，是居家点心和旅行干粮中的精品。

▲ 搜集整理　林亚娟

状元糕

白面书生着红袄，
身体魁梧气轩昂。
舌尖之中独占鳌，
名尊富贵是此糕。

——打一食物

状 元 糕

清代诗人蔡以台对状元糕有很好的描述:柴蒸炭烤费辛劳,薄脆千层愧切刀。传说鳌头曾喜爱,满街都卖状元糕。

民间传说

相传,宁海的状元糕与王十朋有关。王十朋(1112—1171),字龟龄,号梅溪,温州乐清人。年轻时游学四方,曾到过宁海梁皇山读书。此前,王十朋家境贫寒,在家读书,心烦意乱,想选择一个幽静之地读书,走啊走,不知不觉来到宁海梁皇山,进入一个山坑洞藏身苦读。

一天,梁皇寺的一个僧人来到了这个山坑洞,见到王十朋这个年轻人,生得眉清目秀,一表人才。遂与王十朋说:"阿弥陀佛,施主在此苦读,虽然清幽,山洞潮湿,对身体不利,如若不嫌弃的话,到我寺里去读书吧!"王十朋听后,高兴异常,说道:"多谢师父厚爱。"来到梁皇寺后,僧人敬上赤岩茶一杯,以示欢迎。这是民间的待客礼仪,僧人也不例外。王十朋双手接过茶一闻,异香扑鼻,饮后滋味醇爽,回味甘甜,顿觉精神百倍,心清目明。就这样,王十朋留在寺里读书,每天饮两杯赤岩茶。三国时的神医华佗在《食论》中说:"苦茶常服,可以益思。"王十朋饮茶后思维能力提高了,加之寺内环境幽雅,饮食有僧人供给,心无杂念,专心致志,勤奋读书,学业大进。

地道宁海味

有一天,王十朋到梁皇街去买东西,也顺便游玩一下,学逸结合。街上人山人海,热闹非凡,他东看看,西瞧瞧,不觉玩了半日,人也累了,肚子也饿了。他走进一爿小茶铺歇息。这家店不仅卖茶,还卖一种米糕。这糕是用糯米粉做成两片长方形,中间放糖合在一起,蒸出来味道香甜可口,非常好吃。当时王十朋坐下来,泡了一碗茶,又买了三块糕,店小二用碟子装好放在桌上。他一边喝茶,一边吃糕。肚子真的饿了,越吃越有味,从来没有吃过这么好吃的糕。吃完了还不够,又叫店小二端了两块上来,又一口气把糕吃完了。肚子吃饱了,觉得很舒服,他就问店老板:"你们这糕叫什么名字?"店老板说:"我们就叫米糕的。"王十朋说:"这糕是我吃过的最好的糕,独占鳌头。就取名为'状元糕'吧!"店老板急忙说:"多谢客官厚爱,但你不是状元,若是状元那多好啊!请问客官住何处?"王十朋说:"我现暂住梁皇寺读书,我有信心考取状元的。"说完,告辞了。

王十朋既然出口,就更加发奋读书,一定要争取考上状元。南

宋绍兴二十七年（1157），王十朋上京赶考，得中状元。消息传到梁皇街的小茶铺，茶铺老板高兴异常，心想，这位在梁皇寺读书的年轻人真的中了状元，他曾给我店的米糕取名为"状元糕"，现在名副其实了。

　　于是，店老板不卖茶水了，专门经营状元糕。这件事一传十，十传百，远近的人们都想来吃几块状元糕，沾点光。一时生意兴隆，财源茂盛。自此以后，状元糕在宁海流传开了，成为宁海的著名小吃。

▲ 搜集整理　葛云高

地道宁海味

【童年记忆】

状元糕

文 / 葛潇潇

在农村，做寿是件大事。家里族里的婆婆婶婶带着小媳妇们，在过寿前的忙碌准备中，一定要匀出一段时间来，带着虔诚的心意，完成长寿糕点的制作。

做糕的面粉一定要好，因为这决定了之后成品的口感。而用镇子里那口石磨磨出来的面粉是顶好的。婆婆们带着小媳妇们招呼着镇里的小伙子将浸好的米抬到石磨旁，婆婆是主操作手，负责添米，掌握石磨旋转的速度，小

状 元 糕

媳妇们两个一组,在石磨把手杠旁站定,在婆婆的指挥下,开始有节奏地推拉石磨。一圈一圈,一不小心节奏失控,惹来几声婆婆的笑骂。时不时婆婆媳妇之间唠唠村里近些日子发生的新鲜事儿、趣事儿,邻里乡间得空的,也过来搭把手,帮个忙,一时,石磨运转的"吱呀"声,欢声笑语声,还有旁边孩童的打闹声,在小镇蜿蜒的石子路上,串成一首动听的乡村乐曲,热闹得仿佛过年。

糕粉磨好后,放进蒸屉里,搁大锅灶上,开始第一次"蒸粉",蒸到五六分熟,将半熟不熟的糕粉重新倒出来。摊在早已备好的宽扁大篾箩里,将有些凝结的糕粉用手细细地揉开。这道工序,既要有力道,要使巧劲,还得有耐心,但一定要将每一块凝结的糕粉揉散。揉好后,第二次将糕粉装进蒸屉里,这一次,可不似第一次那般粗糙了,要用糕尺将糕粉一层层地铺上去,每一层必须要平整,还可以夹进一层红糖粉。蒸屉的上面,放着一顶草绳编织的帽子,随着灶里柴火的"噼里啪啦"声,氤氲的白"烟"不停地

地道宁海味

从"草帽子"的小孔里钻出来,伴随着阵阵香气,闻着让人顿觉满满的幸福感,旁边闻风而动的孩童们早已眼巴巴地望着,忍不住地咽口水了。

伴随着愈发浓郁的香气,糕终于蒸好了。这时,女人们会唤男人们来帮忙,将厚实的糕从蒸屉里脱出来,先倒置在箆筐上,再正放在备好的大红色几盘上,在蒸糕的表面撒上色泽鲜艳的红丝绿丝,再用大红印在正中间盖上"寿"字,至此,长寿糕的制作正式完成。做好的长寿糕连着几盘被一个个安置于悬空的高架上,等着做寿的日子到来,在寿宴上招待四方来贺的客人们。

如今,磨粉的石磨上,已堆积了经年的烟尘,石子路上的欢笑声也已久远。石磨旋转的"吱呀"声也成了远行人儿的梦里乡音。咬一口长寿糕,甜糯糯的口感交织成童年的影,回忆连成一片祖祖辈辈人人安好的祈愿。

私房菜谱

· 长寿糕 ·

原料：
　　优质粳米、绵白糖、红糖、花生粉（芝麻粉）。

用具：
　　木头模具。

制作过程：

1. 选用优质粳米，先放置石臼打粉，细筛滤杂，拌入绵白糖，放到特制的木头模具中铺底。

2. 再加入内层馅料（多以花生粉或芝麻粉为主），最后在上面铺上一层粳米粉，放进蒸笼中。

3. 生粉划片（将直径33厘米左右的蒸糕粉，用刀划成120片，刀刀到边，底面均匀），蒸熟开片。

4. 先文火后猛火，十分钟左右蒸熟，蒸出来后盖上吉祥喜庆的红印，即成"状元糕"。状元糕香糯绵软，蕴含着喜庆之意，遇有考上大学的，亲朋好友往往以此相送以示祝贺。

▲ 搜集整理　林亚娟

垂　面

宁海人爱吃面条,面条既是主食,也是日常小吃。以面食为主打美食的各式面馆满布宁海城乡街头。宁海的面条有以大米制作的面干(粉丝)、米面,也有麦面如垂面(挂面)、手工面、刀削面(面疙瘩)等。其中最有特色的应推垂面。

民间传说

相传,在很早以前,宁海山下村有个人叫王兴,他结婚后一年,父亲就去世了。王兴家本来就不富裕,顶梁柱父亲没了,家里的生活更加困难了,只得外出去打工,凭借自己的手艺赚点钱,补贴家用。家里只剩他的妻子郑英和他母亲相依为命。且说王兴的母亲因为年迈,在吃食方面也有困难,粗的吃不下,硬的吃不动,干的咽不下,汤的小便多。饭吃不香,睡觉就睡不稳,身体也不好。儿媳妇郑英看在眼里,急在心上。为了让婆婆有胃口,她想方法设法变着花样为婆婆调换口味。

有一天,郑英发现用菜刀切出来的面条比较粗,怕婆婆吃得不舒服,就将面条缠绕在两根筷子(方言叫"箸")上,然后双手各抓一根筷子,左右开弓,利用竹箸将面条慢慢地拉成细条,拉到非常非常细,用刀子切不出来的细,简直像头发丝一样。这种细面特别软,方便烧,方便吃。细面制作出来后,郑英将青菜和豆腐皮同时放入细面中烧煮,煮好后拿去给婆婆试吃。婆婆一

地道宁海味

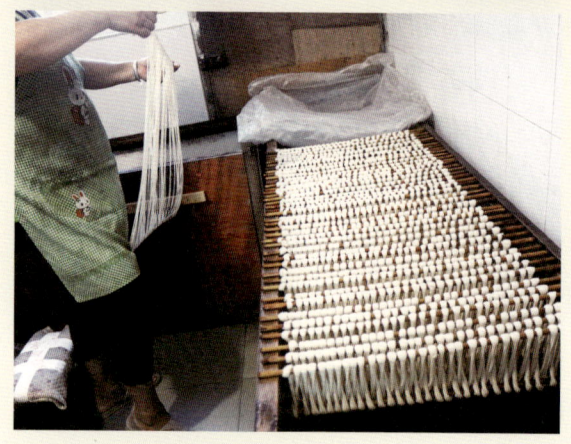

吃,高兴极了,这面不用嚼就能下咽,特别是吃下去非常落胃,让人感觉舒服。后来,郑英把竹箸换成竹棍,用竹棍子拉面,更加方便快捷。

有一次,因为有事,烧饭时间紧,郑英又动脑筋,只将一根竹棍插在墙上,另一根让它自然下垂,利用竹棍的重量,慢慢将面条拉细。自己利用这段时间洗菜洗锅,烧火做饭。等到面条细到将断未断的时候及时取下,刚刚好锅里的水烧滚了,可以煮面条。从此以后,每次做细面,郑英都用这个方法,利用竹棍将面条慢慢扯细,同时利用这个时间做其他家务,这样既节省了时间,又节省了体力。后来,郑英发现,这种细面特别容易干燥,稍微有点太阳,一晒就干。于是,在方便的时候就多做一些,晒干储存。每到田畈的活特别忙的时候,就拿出来一些与青菜、香干丝混合起来吃,非常方便。

地道宁海味

上下几个村的人纷纷前来讨教做法,并且请教它叫什么名字。郑英说:"是我自己想出来的,没有名字。我想这面是用竹箸拉出来的,就叫'箸面'好了。"后来这个名字传来传去,变成"垂面"了。因为大家认为制作方法是将面挂在竹棍上,让它自然下垂变细,就想当然写成了"垂面",而不知道它一开始是用竹箸做出来的。

年底,丈夫王兴回家,见到母亲的气色非常好,很高兴,就问妻子郑英:"你给姆妈吃了什么补品?身体越来越好了。"郑英说:"我哪有铜钿(钱)买补品给姆妈吃?只是每天烧点我自己做的细面给她,她很喜欢吃,可能这面特别容易消化,所以身体好。"王兴大为感动。

就这样,因为爱心,创造了垂面。后来,人们纷纷效仿垂面的做法,慢慢地相沿成习,成为宁海一种地方特色小吃了。

▲ 搜集整理　孙常钊

童年记忆

垂 面

文 / 胡维娟

秋日,天高云淡,橙黄橘绿。

学校段组织的前童古镇农家乐活动如期而至。绿树掩映,翠竹苍绿,稻田浮金,鸡鸭欢唱。

"吃炒面啦!吃炒面啦!"随着一声吆喝,一群资深吃货蜂拥而至。

还没走进厨房,我就闻到了一阵沁人心脾的香味,顿时唤起了我舌尖上的味蕾。走近一看,那颜色更是诱人,黄色的土豆丝,红色的胡萝卜丝,白色的豆芽,绿色的葱花更是点睛之笔,让这盘箸面成了一幅五彩缤纷的画,一看就让人馋得直流口水!

咦!这是什么面呀?既没有米面那么粗,那么白,也没有面干那么细,好像还不是米做的。

我迫不及待地捧起一盘,小心翼翼地扒了一口,面十分丝滑Q弹,那香味流淌到我的心房,每吃一口都感到无比的快乐,温暖。

我狼吞虎咽地吃完一大碗,肚子圆鼓鼓的,意犹未尽。我的那些吃货同伴更加夸张,好像三天三夜没有吃饭似的,眼睛直勾勾地盯着,嘴巴嘟嘟,让人忍俊不禁。

这到底是什么面呀,怎么能那么好吃呢?也许这是我有生以来吃过最美味的小吃了。主人告诉我们,这叫肉炒垂面,是宁海上路人最客气的待客之礼遇。谁家姑娘来相小伙,谁家儿子娶媳妇,一定得炒垂面做门面担当。

这么美味的垂面是怎么炒的呢?主人不紧不慢地说,首先要把面隔水蒸两三分钟,掀开锅盖,再用冷水向面甩一甩,然后盖上锅盖,又继续蒸。再过两三分钟,继续甩水,样反复几次,直到白色的垂面出现熟色了,就可以出锅搅散,放在一旁备用。

接着就是熬肉油,要记得舀出一些油,先下精肉,再下萝卜丝,再是豆芽等佐料,半熟时,铺上蒸熟的箸面加盖焖烧一会儿,

筷子锅铲一起将佐料和垂面翻转均匀,撒上葱蒜即成。

所有的配料按照平常的做法炒好,放入已经蒸熟的垂面,搅拌均匀,最后把肉油倒入锅里,再次小炒,出锅!面条根根分明,不油不腻,一锅炒面就新鲜出炉了。

望着窗前丝丝缕缕垂挂的垂面,不禁感叹,主人念好了"垂面经",也创造了美好的生活。此刻,秋日洁净的阳光正挑逗着风味美食……

地道宁海味

私房菜谱

・垂 面・

原料：

小麦粉、盐、水。

器具：

面床、面杖、面柜、面架、面箸。

制作过程：

做一碗地道的手工垂面要经历和面、盘面、上面、抻面、出面、开面、晒面、收面等多道工序，每一道工序都考量制作者的经验。

1 和面。将盐倒进水里溶成盐水，在麦粉中加入一定比例的水和盐（根据当日天气条件，估算盐分及水分多少，一般十斤粉放三两盐，阴雨天要多放一点，如果是春夏季节也要多放点盐。）一起搅拌，再经多次揉搓，粉要揉好，揉得韧，揉好后让面团静置醒发一段时间（一般1小时左右）。

2 盘面。把和好的面在面床上用面杖擀成饼状，用刀理成一根根3厘米左右宽的面条，揉成筷子粗细的圆长条，从头到尾一整根一圈一圈盘在盆子里，再次醒发。

3 上面、抻面。把面条依次绕在相距10厘米左右的两根面箸上，放到特制的面箱里垂挂，保温醒面，这就是上面。上好的面长度不过10厘米左右，隔一阵子用手去拉一拉绕有面条的棍子，这个过程叫抻面。

4 成品面。眼看着筷子粗细的面条一步步变得细如丝，"拔面助长"的制作过程也是一道美丽的风景线。当面垂到长170厘米左右时，就成了细细的面，将下端面箸插回架上横条孔内，对折成85厘米左右的数十根细面，干燥后再对折成40厘米左右收纳，用细线绑成捆即成。

特点：

※ 手工垂面乍看会觉得有点粗糙，面条顶端因为晾晒的原因可能粗细略有不同，但这正是坚守手工传统的见证。

※ 细看每一根手工垂面的剖面，还有不少大小不一的细小空隙，而

这正是垂面吃起来入口即化的美味密码。

· 炒垂面 ·

原料：

垂面500克，五花肉丝50克，干萝卜丝10克，香干、空心腐竹丝20克，蛋丝20克，豆芽50克，青菜500克，韭菜20克。

制作过程：

❶ 取干垂面500克铺开，入蒸笼蒸7—8分钟，取一盆水加少量色拉油，把垂面浸泡一下再铺开，入蒸笼蒸5分钟，取出，抖开备用。

❷ 炒锅烧热入油，加五花肉炒至出油，肉成金黄色。把豆芽、垂面一起入锅加少许酱油炒至黄色，再把其他原料加入炒熟，至垂面酥软，出锅装盆加蛋丝点缀即可（出锅时加少量老酒再炝炒一下可提香）。

手工垂面炒起来吃，面条酥软，配上菜头、豆腐丝，用猪油入汤，口味极佳，吃完唇齿留香。

▲ 搜集整理　林亚娟

桥头胡海鲜面

大海洋洋是我家,
面妹嫁到我家里。
迈进锅房乐开怀,
有滋有味是我家。
——打一食物

桥头胡海鲜面

宁海依山傍海,有秀丽的山水,滋润的温泉,更有大海馈赠的丰富美食。宁海的一市青蟹,长街蛏子、泥螺、蛤蜊,西店牡蛎,越溪跳鱼,大佳何对虾,凫溪香鱼等小海鲜,俗称"八鲜过海",远近闻名。

宁海的面条有以大米制作的面干(粉丝)、米面,也有麦面如垂面(挂面)、手工面、刀削面(面疙瘩)等。在做法上会特别加入虾、蛏子、螃蟹等新鲜小海鲜,海鲜天然的鲜味渗入面汤,汤味、面味、海鲜味,味味地道。

民间传说

很早以前,峡山村的村民都以捕鱼为生。有一个青年名叫尤兴华,已择农历十月份的日子结婚成家,但他八月中旬还与其他渔民一道去出海捕鱼。船驶到猫头洋,他们撒网捕鱼,网网不空,肥大的梭子蟹、诱人的小黄鱼、银色的大白鳊……在网内挣扎,在甲板上蹦跳。他们喜得忘乎所以。当船行驶到大目洋时,突然刮起了一阵大风。这时,他们赶紧收网落帆,可是来不及了,一个横浪冲向渔船,渔船被砸翻了。

且说有一位同尤兴华同船捕鱼的渔民,在紧急关头,一把抱住恰巧在眼前掉下的一块船舱板,犹如抓住了一根救命稻草。他随浪潮沉浮着,后来被另一艘渔船救上岸,才回到了峡山。俗话

地道宁海味

说：捕鱼人一脚棺材里，一脚棺材外。他对兴华父母说，你们儿子可能遇难葬身大海了。听到噩耗，兴华的父母哭得死去活来。

话说下蒲村的魏兰英，是尤兴华的未婚妻，这天正好在峡山舅舅家做客，听到未婚夫遇难的消息，坚持要为死去的男人披麻戴孝，并发誓终身不嫁，便进了未曾过门的男人家。

想不到半个多月后的一天夜里，有人敲着她家的门。魏兰英出去开门，面前站着的正是她梦中的夫婿。她毫无惧意地扑了过去，说："我不管你是鬼还是人，反正你是我的夫君，我是你的妻。"原来她的男人在船还没沉时，紧急抓住一块船板，船翻后，他死命抱着船板不放，被浪涛逐到岸边，一路讨饭往家里赶。

尤兴华被妻子忠贞不渝的真情所打动,想对妻子有所表示。几天后他到门前的海域里,赶小海捕捉了小白虾、花蛤、蛏子等。他想亲手做一碗面给妻子吃,意指男女相爱的长长情丝。他把捕捉来的新鲜小白虾、花蛤、蛏子洗净,做了手工面条放锅里一道煮起来,烧熟后端给妻子吃。妻子一吃,汁水鲜美,咸淡适宜,味道特别。妻子说:"我从来没有吃过这么好吃的面,叫什么名字呢?"兴华暗想,我是歪打正着用这些海货下面条,就说道:"取名为'海鲜面'吧!"

一传十,十传百,后来大家都知道用海货下面条很好吃,海鲜面就流行开了,成为宁海的风味小吃。

▲ 搜集整理　葛云高

童年记忆

最爱那碗面

文 / 蒋美琼

宁海海鲜鲜天下,生态佳肴美名扬。因为海鲜,宁海的美食完美地结合了象山港与三门湾的特色。青蟹、白蟹、石蟹一年四季轮番上市,花蛤、蛏子、对虾也长年不断,这些海鲜应该怎么吃呢?很多宁海人像我一样喜欢一锅烩——烧上一碗海鲜面。

记得小时候,家家户户饭桌上的菜都是自家菜园里种的茄子、青菜、扁豆之类的蔬菜,难得见到荤菜。不想就着咸菜、茄子下饭的时候,我们姐弟仨就会跑去邻村的姑妈家打牙祭。姑丈有条小舢板,候着潮水,他会带着大表哥出海,姑丈掌舵,大表哥放网,回来时,鱼篓里总有或大或小的鱼、虾、蟹之类的。姑妈会拣出品相稍好些的海鲜放篮子里,让表姐去街上叫卖。剩下的"小喽啰"在姑妈眼里也全是宝贝:加盐,小鱼做鲞,小虾做虾皮,小蟹做蟹酱。把小鱼、小虾、小蟹放进锅里,一勺盐,半锅水,烧到水开,厨房里已满是海鲜的香气,放几把面,看着面干变软,我们的口水也快流到灶台上了。看着我们几个小孩狼吞虎咽,姑丈姑妈总是慈爱地说:"慢点吃,锅里还有。"

近年来,桥头胡海鲜面的名声是越来越响了,要吃面,还得早早打电话预订。那天中午,我们一行七人开车直奔桥头胡菜场,在停车场上,好几拨人像我们一样,停好车就冲向面馆。我看到面馆外边也放了几张桌子,桌旁坐满食客。进得门去,店内亦是坐得满满当当。穿过后门,里边就是桥头胡菜场。在后门与摊位之间不足四米宽的长方形过道里,一溜排着好多小方桌,食客们吃得正欢。

摊位如此随意简陋,为何生意会如此火红?原因便是面馆后面的桥头胡菜场。最靠近面馆后门的一边,摆满琳琅满目的海鲜。食客们可以事先在菜场里选好海鲜,随后交给面馆老板加工处理,煮水烧面,不多时,一碗热气腾腾的海鲜面就出锅了。就地取材,简单处理,一切保持食材的原汁原味,却又因各种滋味此起彼伏,让一顿简餐成了享受。这也成了桥头胡海鲜面的一大特色。

我们委托老板去挑选海鲜,拉来两张桌子拼在一起坐下,静等海鲜面上桌。

不一会儿,面上来了。看起来汤汁浓厚,油滑滋润,先来一口汤,螃蟹的鲜美香醇占据了整个口腔,浓浓的海鲜汤喝了一口,还想再来一口,喝多少也不腻,一个字——鲜!透骨新鲜的对虾、白蟹,隐藏在面当中的小黄鱼,加上酥脆的生炒肉,海鲜天然的鲜味渗入汤汁,和汤汁原有的鲜香融为一体,真可谓"汤味、面味、海鲜味,味味地道;闻香、唇香、入口香,香到极致"。喝过汤,尝过味,赶紧动筷,螃蟹、虾和小黄鱼翻腾出来,料真足啊,我们到底吃的是海鲜还是面?

一碗海鲜面吃得我红光满面,心中总觉得还少些什么。是否少些姑丈姑妈烧在那锅海鲜面里的一船笑声呢?

地道宁海味

私房菜谱

・桥头胡海鲜面・

原料：

面类：面干、米面、手工面等。海鲜类：小白虾（或对虾）、蛏子、青蟹（或梭子蟹）、蛤蜊（或花蛤）、蛎肉、虾蛄（皮皮虾）、小黄鱼等。蔬菜类：青菜、腌菜、白菜。肉类：猪肉或牛肉丝等。实际使用原料时，面类和蔬菜只选用其中一种，海鲜根据口味可选择2—3种。

制作过程：

1. 将海鲜、蔬菜等洗净。蔬菜切段待用。其中，蛏子、花蛤须提早半天左右泡在盐水中将泥吐干净。

2. 面馆里做海鲜面大多是事先熬制汤料。家常烧制海鲜面与平常做汤面过程类似：油锅热后，加入肉丝、蔬菜爆炒片刻后，依次加水，加入活虾、蛏子、蛤蜊等海鲜后猛火烧至水开，放入面条，煮熟即可出锅。

3 海鲜面如果以螃蟹、小黄鱼为主,油锅热后,可加入螃蟹翻炒(黄鱼则适当煎一下),其间加入适量料酒去腥调味。在放面条之前,海鲜汤需多煮一会儿,以便螃蟹、黄鱼熟透。

4 海鲜料理较足时,面条可少放,煮熟后应及时出锅,现汤现吃,以免"涨面"。

· 黄三烧薯面 ·

主料:
野生黄三鱼、番薯面。

配料:
姜、葱、蒜、料酒、白糖、酱油、盐。

制作过程:

1 黄三鱼去鳞,掏净内脏及鱼鳃,用清水冲洗干净,在鱼身两侧各划上几道斜刀口,以便烹制时入味。

2 用猪肉熬油,手拎鱼尾将鱼缓缓滑入锅中。调中火稍微煎一下即可。

3 加葱、姜、蒜与高汤、酱油、盐等,将鱼烧至九成熟,再加入番薯面,烧至面熟,微发胀,出锅装盆即可。

特点:
汤汁稠而鲜美,番薯面晶莹剔透,口感滑爽。

▲ 搜集整理 林亚娟

阿婆饼

乍看其貌虽不扬,
松软可口散清香。
斜角方块由侬忖,
孝敬婆婆称漂亮。
——打一食物

阿婆饼

阿婆饼,俗称锅贴或锅癞头,是流行于大佳何、茶院等地的传统小吃。锅癞头以番薯粉糅合各种荤素馅料在锅里烩贴而成,香糯可口,入口即化,尤其适合老年人食用。茶院许家山"农嫁十二碗"中的一道点心就是锅癞头,希冀女儿嫁入婆家后孝顺公婆,懂得感恩,此菜也得名阿婆饼。

民间传说

宁海的"阿婆饼",又称"镬癞头"。在宁海乡风中,是节日或客人来时不可缺少的风味小吃。为什么叫阿婆饼呢?有一个传说。

古时候,许家山住着一位妇女,她年轻时丧夫,千辛万苦地抚养着一个儿子。凡有好吃的,总是让儿子吃,有好穿的,总是让儿子穿,自己却喝稀粥吃咸菜。

日复一日,年复一年,儿子长大成人,妇人花尽积蓄,替儿子娶了媳妇。后来又添了孙子,妇人已满头白发了。因为年老体衰,牙齿脱落,有的菜肴吃不动了。媳妇看在眼里,心想:人世间是上轮下接的,婆婆对他儿子好,对我也这么好,我也要待她好。于是,媳妇每天变戏法一样给婆婆做能吃下的菜肴。烧南瓜、菠菜豆腐汤、锅贴豆腐、番薯粉面汤、蒸洋芋艿泥饼、虾皮油豆腐汤等。吃着吃着,时间一长,婆婆也吃腻了。媳妇急在心头,她苦思冥想,怎样才能做出更好吃的东西给婆婆吃呢?

地道宁海味

一天,媳妇将萝卜丝、蛋丝、香干丝、油豆腐丝等炒好冷却后,把山粉(番薯粉)掺入这些冷却的馅料,搅拌均匀。把镬烧至七八分热,撬了一勺猪油,就将这调好的糊状物倒入镬里,用镬铲涂匀涂薄,煎到一面凝固后,翻另一面煎,煎到两面均熟,用镬铲取出放在砧板上,用菜刀切成一块块的饼状,放入盆内。吃中饭时,端到婆婆面前,叫婆婆品尝。婆婆一吃,香软适口,连声说:"好吃!好吃!"又高兴地问道:"媳妇,你今天做的这么好吃的东西叫什么名字啊?"媳妇说:"我是专门做给婆婆吃的,就叫阿婆饼吧!"

从此,"阿婆饼"的名字就传开了,流传到宁海各地。有的地方因为这东西在镬里贴成形状似人的癞头粘,又称其为"镬癞头"。

▲ 搜集整理　葛云高

阿婆饼

>童年记忆<

铜板石与阿婆饼

文／江维维

沿着盘旋蜿蜒的公路，与同学一路观望，慢慢悠悠地开到许家山。

连日的阴雨天气，雾霭蒙蒙，氤氤氲氲。淅淅沥沥的小雨，空气都是湿润的味道，寒气瘆人，脚底冰凉冰凉。一下车，几只鸭子"嘎嘎嘎"地迎上来，跟跟跄跄的步伐，与我女儿一样。放下小米糖，她就与它们为伍了，也为此次前行增添了一分乐趣。

许家山，宁海远近闻名的石头村，犹如隐藏在深山老林的石头世界。全村建筑都以当地特有的青铜色"铜板石"构筑，石屋、石巷、石墙、石桥等，无一不用石头堆砌而成，泛着古老的暗黄、青绿的色彩，仿佛那是一个远古时代。雨后，洗净铅华，回归本色，石头也被洗刷了一遍，走着滑而细腻，看着亮而透白。若撑一把油纸伞，置身于石头的小巷子里，丁香花一样的女子就若隐若现了，那婀娜多姿的倩影摇曳在朦胧的烟雨中……

许家山因石头出名，也因阿婆饼而有名。

在许家山，家家户户都会做阿婆饼。据说阿婆饼是"农嫁十二碗"当中的一道菜，当地嫁娶时，定会烧上这么一桌，其中就

有阿婆饼,寓意"慈孝感恩"。此行的目的,就是尝一尝阿婆饼。进入同学家,她的婆婆早早备好了馅料,有豆芽、萝卜、笋……很是丰盛。全部切成细丁,放入碗中备用。阿姨等待着我们的到来,准备为我们演示阿婆饼的做法。她一边烧一边耐心地讲解。先是入锅,上油,再逐一放入馅料,刺啦啦的响声伴随着上下翻炒,香味溢散开来。这跟汤包馅的制作方法差不多,但不同的是,它里面放了牡蛎。阿姨说,以前只要有牡蛎抓上来,就会做阿婆饼吃。这已成了他们家的一种习惯。有了牡蛎,阿婆饼也更加鲜香。炒熟后的馅料要搁置至凉,冲入冷水,然后放入适量白色小粒状的番薯粉,不停地搅拌均匀,使番薯粉溶化,与馅料完美融合。这

阿婆饼

样,前面的准备工作已就绪。接着在锅中上油,舀一勺饼料均匀摊入锅中,按压使之充分接触锅底,受热均匀,两面煎至金黄,出锅切成小块,阿婆饼就大功告成了。制作工序虽简单,火候却难把握。在烧制过程中,阿姨不停地小火、大火转换,但看得出,中间略微还是有点焦了。

没了我们的围观,憨厚爽朗的阿姨后续发挥正常,一摞又一摞的阿婆饼上桌。饼咸淡适中,豆芽与笋的脆爽,上下牙"咯嗒咯嗒"作响,番薯粉的香糯黏稠,嚼起来津津有味,配着清口甜润的水果,在大家的欢声笑语中,慢慢被消灭完。下午三四点,谢过阿姨,我们又走上了回家的石子路。天空渐渐放晴,出现了久违的太阳,许家山的石头顷刻间又亮了一些。

突然发现,阿婆饼在色彩上犹如许家山的铜板石,各种切成丁的蔬菜,颜色如同石头上的墨绿、土黄、砖红。

浪漫派的文人一定喜爱这些石子路,因为块块石头带着慷慨不平的气质,且满有幽默;婉约派的文人定是喜爱这些石子路,因为块块石头含着简约委婉的气息,且略带羞涩;吃货派的文人也定爱这些石头,因为块块石头带着阿婆饼的味道,且满嘴留香。

爱上一座城,也许只因一道美食。爱上许家山,也许是因为阿婆饼。

私房菜谱

· 阿婆饼 ·

原料：

猪肉、蘑菇、豆腐、冬笋、胡萝卜、豇豆、毛豆、虾皮、咸菜、香葱等。蔬菜原料根据口味和时令选择，与汤包馅料类似。海鲜可选蛏肉、牡蛎肉。

制作过程：

❶ 各种原料洗净，肉类和蔬菜切成细丁粒状，蛏子先煮熟剥去壳，蛏肉切细丁，牡蛎肉洗净沥去余水。

❷ 热锅里放入适量油，依次倒入猪肉及蔬菜、海鲜等，加适量盐、少许料酒，将配料拌炒，大火炒熟后，晾凉。

❸ 冷却的馅料放入大盆，加入冷水，然后放入适量山粉（番薯粉），均匀搅拌，使淀粉溶化，与馅料充分融合成糊状。黏稠度以倾斜盆子糊料能缓慢流动为宜。

❹ 取鏊盘（或底较平坦的锅），文火加热，锅中抹一层油，舀一勺糊料摊入锅中，用铲子将糊料均匀摊平，与锅底贴实。保持中小火，并使锅底均匀受热，将锅贴两面反复煎烩至金黄色，即可出锅。

❺ 出锅后的阿婆饼切块装盘。阿婆饼色泽金黄透亮，香糯爽口。

▲ 搜集整理　葛云高

番薯糕

头戴小生帽,
身穿黄皮袄。
肚里虽通达,
其实不开窍。

——打一食物

番薯糕

宁海多山地,农民几乎家家种点番薯,番薯不仅被视为主粮的补充,勤劳的宁海农民更是利用番薯制作番薯烧酒、番薯面,熬番薯糖浆等,还将番薯做成健康美味的零食——番薯糕(读去声)。番薯糕,又称番薯刮片,同米胖糖一样,是过年招待亲朋好友的美味小吃,也是孩子们的精美零食。

民间传说

相传,戚继光平倭时,戚家军纪律严明,所到之处,秋毫无犯,深受老百姓爱戴。这一年,戚家军到越溪,打得倭寇哭爹喊娘,狼狈逃窜。越溪老百姓抬了猪肉、老酒等去慰劳部队。戚继光说:"倭寇流窜抢掠,百姓苦不堪言,这酒肉我们绝对不能收。"于是,原封不动退了回来。百姓们见戚家军不肯收礼,心里过意不去,一定要表达一点心意,怎么办呢?人群中有位老伯说:"我们用番薯做一些土特产食品去慰劳,肯定会收的。"大家齐声说:"这个主意好!"

首先把番薯洗净,放在锅里煮熟。将熟番薯晾凉后,把皮去掉,捣烂。把基本捣烂的熟番薯包在一块干净的布中,用力揉,直至把番薯肉原来的结构完全破坏掉,然后掺一些小麦粉、红糖。把这些掺匀,取适量的番薯泥用双手搓成丸子,再用双手拍打成饼状。锅中放一点猪油烧到七八分熟时,放入拍好的饼,用中火

地道宁海味

炸。等它上层有点冒气泡,变金黄色时,翻个面炸,等两面都变金黄色时即可出锅。

百姓们将番薯糕送去慰劳戚家军,将士们吃了,非常喜爱。但这番薯糕有一个缺点,就是不能放太长时间,存放久了容易变坏发霉。大家又想出个办法,将捣烂的番薯肉放在一只方形的木盒内,里面垫一层布,盛满番薯肉后揿结实,然后在上面压一些重物。一夜后,取出来切片。先把它切成长方形,再将每个长方形切片。切好的薄片晾在米背或米筛上,晒得又硬又干,再将晒干后的番薯片进行炒制。在大锅里放小半锅细沙,锅底下烧柴火,沙子熟了,倒进番薯片,不停地翻呀,炒呀,当番薯片呈金黄色时,盛出来。晾凉后,咬一口,嘎嘣脆。

百姓们就将这番薯糕送给戚家军吃。番薯糕携带方便,又不易变质,他们在作战间歇就可以吃的,方便极了,深受戚家军将士的欢迎。这种番薯糕,是越溪百姓为感恩戚家军抗倭制作的特色糕点,后来在宁海各地流传开了。

▲ 搜集整理　葛云高

童年记忆

故乡的番薯糕

文 / 王晓芳

"烤番薯——"

摊主推着大桶,桶上堆着几个色泽红润还带着糖浆的番薯。忍不住掏钱买下一个尝尝,然而每次都兴浓味乏,均没老家的味道。思绪蓦转,故乡顿现,一家人围着火炉,炉上搁一铁丝筛,筛上烤着去皮的番薯,色黄味醇,香甜勾魂。吃了一个又一个,肚子滚圆,提出抗议,仍欲罢不能。

"娘,可以箅番薯糕了吧?"

"又馋了,番薯还要放些天,得糖分多一些才好吃。"

"哦。"

等待的日子总是特别漫长。

冬月的一天,微冷,太阳不是很大。妈早就在前一天看天识气象了。这日头,晒番薯糕不易开裂。全家齐动员,摸洗、刨皮,大姐下锅,二姐烧火,放锅里煮熟。该煸糊了。这可不是单纯的力气活,这一道工序,直接决定番薯糕的口味。妈亲自上手,反复煸炒,不能有半点松懈。煸匀,撒上金橘丝,黑、白芝麻,搅拌均匀,香气浓郁的番薯泥起锅入粉甑,待凉却。大姐早已备下晾晒

地道宁海味

的竹列,竹列上铺了已扯去外皮的稻秆,只等主角 —— 番薯泥登场。番薯糕模子、桌布、菜刀早等候多时。妈眼疾手快,左手拿模,右手铺桌布,菜刀尖一挑,一小团薯泥一入模子,菜刀顺浅浅的模子槽一篦,不多不少,刚好装满一张模具,放到稻草上,一顿一扯,一张长约20厘米、宽约10厘米的番薯皮就出炉了。一铺一勾,一篦一揭,手起刀刮,不一会儿,一列列番薯糕皮如接受检阅的战士方阵,整整齐齐地在墙头上享受阳光的沐浴了……

待粉甑里的薯泥都上了竹列后,身为小不点的我大显身手的机会来了,任务相当光荣,不亚于闰土的看瓜刺猹。闻香而来的鸡和歪头凝视的鸟雀,均是我的敌人。一不留神,或飞跃,或俯冲,啄几个洞,留几处爪痕,破了番薯皮的卖相,着实令人气恼。更可恨的是一次上厕所的当儿,邻家的公鸡蹿上墙头狠啄。我回来一疾呼,它快速逃离现场,脚却勾下稻草,带下两张皮,掉地上沾了泥。气得我见它一次打一次,把它逐到远远山上,几天不敢下来!

几日温阳的薄晒,番薯皮终于半干了,薄如蝉翼,近乎透明,此时是最好吃的了。看着看着,口水渐渐盈满,咽下大大一口。

臆想中,哥趁机撕下一角就走。

"不能偷!"

"给你一点!"

"不能吃!"

"撕下又拼不回去了!"

番薯糕

"哇,好吃!"哥哥故意吧唧着嘴,吃出了声响和滋味。

馋得两眼放光的我,又怎经得起美味的诱惑,脑海中已不知吃了多少遍。哥顺势往我嘴里一塞。

甜甜的,韧韧的,带着金橘的酸甜和芝麻的清香,比熟的好吃无数倍!

"再来点!"

"不行!妈会骂的!"

哥拿来菜刀,把每块皮一端切下约一厘米宽的一条,切得很仔细,以为这下天衣无缝了。可眼尖的妈早已看穿我俩的小把戏,一顿斥责。

皮终于晒干了,又一次全家上阵,剪成一厘米宽、四厘米长的番薯条,贮藏在酒埕里,待腊月二十三小年后再炒。

年货准备得差不多了,开始炒待客的干货。从酒埕里倒出番薯条,放到已炒热的沙子中,翻炒。半透明的番薯条渐渐泛白,不久变黄,一阵阵甜香味弥漫厨房,须臾之间,色泽金黄,再两铲,马上起锅,不能炒老,用米筛筛去沙子,放竹匾里。顾不上烫嘴,撮起一根便嚼,"嘎嘣嘎嘣"香脆满颊。冷却后会更脆、更香。

"囡,这一小畚箕趁热送去后门阿婆家,让她尝尝。"

"哦!"这是我最乐意的差使,带回的是浓浓的谢意和口袋中满满的零食。

正月客人来,沙沙作响的番薯糕、葵花子、南瓜子、花生、蚕豆,均已装盘,再奉上一杯米胖糖茶。农家的光景,待客的盛情,

地道宁海味

一一排开。

过年了,孩子们穿上新衣,口袋里装着各色零食,一蹦一跳,在浓浓的喜庆氛围中唱着《番薯谣》:

>妈妈手儿巧,番薯花样多。
>生番薯,熟番薯。碗边哧溜番薯粥。
>番薯干,番薯枣,番薯麦浆顶好吃。
>妈妈手儿巧,番薯花样多。
>番薯糕,脆脆响,身披黄金脸带糖。
>沙中炒,心慌慌,甜到客人心里厢。
>妈妈手儿巧,番薯花样多……

私房菜谱

· 番薯糕 ·

原料：

黄心番薯十斤，芝麻半斤，白糖适量，两只橘子晒干的皮，刮片工具一套，细沙。

制作过程：

1. 精选优良无腐烂的黄心或白心番薯，洗净削皮，切块。芝麻炒熟，橘子皮碾碎成粉。
2. 切块的番薯加少量水放在锅里，大火蒸熟。
3. 蒸熟后的番薯倒入木桶或盆里，趁热捣成番薯泥，呈糊状，其间加入芝麻、适量白糖以增加甜度，根据喜好也可以加入陈皮粉，搅拌均匀。
4. 刮片器具底部铺上湿纱布，将番薯泥均匀地刮抹在纱布上，然后倾倒到竹篱上。如没有刮片器具，可以在竹篱上铺上纱布，将番薯泥倒到纱布上刮抹成薄片。
5. 刮出来的红薯片放在太阳下晾晒至干透。刮片较大时，晾晒到半干时用刀将红薯片切成小片。

· 炒番薯片 ·

番薯刮片晒干后可直接食用，咬时有一股韧劲。宁海人一般在年前将完全晒干的番薯刮片放在细沙里炒蓬松，吃起来更香脆，不硌牙。

制作过程：

1. 锅里放上干净沙子，大火烧热。
2. 将番薯片倒入锅里，与热沙子一起翻炒，等到番薯片炒到金黄色，就可以出锅了。
3. 出锅后筛去细沙，冷却后密封包装，以防受潮。

▲ 搜集整理　林亚娟

蛋炒饭

大小生来像个桃,
又无核来又无毛。
我与饭兄吵一架,
香气扑鼻填肚饱。

——打一食物

蛋炒饭

蛋炒饭是一种常见菜肴,口感松软,有嚼劲,一般使用隔夜饭或上顿剩饭,同时鸡蛋富含蛋白质及维生素等,因此,蛋炒饭既不造成食材的浪费,又富有营养,自古受民众喜爱。

蛋炒饭样式多,有家常蛋炒饭、火腿蛋炒饭、什锦蛋炒饭、扬州蛋炒饭等。西店靠近海边,是传统的禽蛋之乡,野生海鸭蛋营养丰富,含钙、磷、锌、硒等多种对人体有益的微量元素,还富含多种维生素,历来是滋补佳品。西店蛋炒饭,再配上一碗海鲜汤,味道极其鲜美,深受吃货们的喜爱。

民间传说

北宋灭亡以后,当初留在相州(今河南安阳)的康王赵构逃到了南京(今河南商丘)。公元1127年农历五月,赵构在南京称帝,年号建炎。赵构成了大宋帝国的第十位皇帝,也是南宋王朝第一位皇帝,史称宋高宗。

公元1128年十月,金太宗下令,要消灭南宋,并下诏:"康王赵当穷其所往而追之。"1129年二月,金兵在攻打扬州时,宋高宗溃败出走。金兵大元帅金兀术(又叫宗弼)率兵一路追赶,宋高宗在金兵追击下不断南逃。公元1129年十月逃到越州(今浙江绍兴)来了。随后又逃到湖州(今浙江宁波),来到了宁海北大门西店。

地道宁海味

有一天下午,王家村的王姑娘吃了中饭,割了一担雪里蕻挑到家门口。突然,听到马嘶鸣,马蹄声笃笃,这是金兀术派的大将军阿里蒲卢浑带着精锐马队追赶到此。这阿里蒲卢浑的马队非常厉害,杀得宋军丢盔弃甲,四散奔逃,最后只剩下康王一人逃到此地了。王姑娘正想躲藏,只见一个年轻人急匆匆逃到她跟前,慌张地说:"姑娘救救我,姑娘救救我。金……金兵要杀我,姑娘快快救救我吧!"王姑娘回屋环顾四周,见到一只空大缸,说道:"你快躲到这只大缸里去。"边讲边把康王拖进缸内,又把刚割来的雪里蕻抱来盖上。自己又来到门口,拿了一把竹椅,若无其事地坐着,将剩下的雪里蕻的黄叶一片一片地择着。

蛋 炒 饭

一会儿,金兵来到她面前,厉声问道:"小娘,你是否看见一个年轻人跑过来?"王姑娘不慌不忙地回答:"看见了,是有一位年轻人跑过来了。"

"他到哪里去了?"

王姑娘手向南方一指,说道:"他往这边奔逃而去!"

阿里蒲卢浑一听,就一挥手说:"追!"大队人马扬鞭策马往南方追去了。金兵远去了,王姑娘搬开了雪里蕻,把年轻人从缸里拉起来,说:"真是吓死我了。"

康王躲过一劫,松了一口气,对王姑娘万分感激。他忽然觉得肚子也饿了,就对姑娘说:"真不好意思,感谢你救命之恩,但现在我肚子饿了,你家有东西可给我充饥吗?"

王姑娘来到灶间,一看只有一碗咸菜,还有一碗吃剩下的青菜汤。这可怎么办呢?忽然想到橱里还有三个鸡蛋。她将三个鸡蛋打入一只大碗里,用筷子啪啪地搅成蛋液,放入一点猪油,倒入锅里,然后从饭笤箕内撬出一大碗冷饭混合炒了。冷饭热透后放一点盐,再加一把葱花,就出锅了。

王姑娘将蛋炒饭端给康王吃,康王囫囵吞枣落了肚,觉得从来没吃到过味道这么好的东西。

康王问姑娘:"你叫啥名字?"王姑娘说:"我名叫王秀英。"

康王又说道:"有朝一日,退了金兵,我若重登金殿,一定重重封赏。"

后来,康王在临安(杭州)重新登龙接位,日日歌舞升平,花天酒地,时间长了,不知怎的想起了当年在西店王家吃过的蛋炒饭来,也想起救命恩人,就派人要寻王秀英进京。

因时间已过好几年,王秀英已出嫁到奉化上田了。差役来到西店王家王秀英家,向她父母讲明皇上要请秀英进京。秀英父母说:"多谢皇上的好意,秀英已出嫁了,请大人与皇帝美言,秀英不进京了。"差役没法,只得赏二百两银子给秀英父母,自己回去交差了。

康王落难时在秀英家吃过蛋炒饭,现派差役寻找秀英报恩的消息一传开,大家也效仿做蛋炒饭了。

于是,蛋炒饭在宁海各地流传开了。

▲ 搜集整理　葛云高

童年记忆

小时候的蛋炒饭

文 / 应姗真

小时候,每当我生病时,妈妈总是会炒一碗蛋炒饭放在桌上,而现在每每闻到蛋炒饭的香味,记忆总会把我拉回童年……

蛋 炒 饭

做蛋炒饭的时候,妈妈俨然成了一位音乐家。首先,舀一勺油在热锅里,油是冷油,锅是热锅,马上锅里就发出了"滋滋滋"的响声。接下来往锅里倒入准备好的隔夜饭,马上用铲子翻炒,铲子碰到锅发出"刺啦刺啦"的声音,米饭均匀沾上了锅里的热油,马上就散发出一股香味,直往鼻孔里钻。

趁着这个空当,妈妈迅速从橱柜里拿出一只碗,又拿出早已准备好的一颗蛋,把蛋往碗沿上一碰,蛋壳有了一道裂缝,蛋清包裹着蛋黄,蛋黄要挟着蛋清一起滑入了碗内。妈妈这时又拿起筷子,"夸——夸——夸——"地用筷子把鸡蛋打匀。打鸡

地道宁海味

蛋的声音和热锅里的声音交织在一起,美妙极了,让人期待还未出锅的那碗蛋炒饭。当你分不清哪里是蛋清哪里是蛋黄时,妈妈把蛋液一次性倒入锅内,继续翻炒,锅与铲子相互碰撞发出动听乐章。

蛋液包裹着饭粒,饭香、米香、蛋香就美妙地融合在一起,还未出锅就让人垂涎欲滴。而我这个时候总是拿着碗眼巴巴地看着锅里,忘记了生病这回事,不停地咽口水。趁妈妈不注意,赶紧用勺子从锅里舀一勺放入嘴里。不知道是偷吃的特别香还是在锅里更好吃,那放入嘴里的第一口总是最好吃的。有时候妈妈看见了会转过头来轻轻地说一声"小馋鬼",并努努嘴让我去外面等着。我去了外面又时不时地往里面张望。

原来蛋炒饭并未完工,妈妈拿出切好的葱花撒入锅内,再倒入适量的酱油提鲜提色,再用锅铲快速有力地翻炒几下就立马关了煤气,趁着锅的余热继续翻炒。这样,一碗香喷喷、热腾腾的蛋炒饭才能出锅。淡黄的炒饭配上鲜嫩的葱花,就是一幅水彩画。

记得小时候,为了吃一碗妈妈炒的蛋炒饭,假装生病,美滋滋地想着不去上学还能吃到让人垂涎三尺的蛋炒饭。妈妈急匆匆地把我送到医院却发现我在装病,劈头盖脸地批评了我一顿,更别提什么蛋炒饭了。

成年后,家人回忆起这件糗事时,萦绕在我心头的却是妈妈那碗香喷喷、热腾腾的蛋炒饭,还有那做人要实事求是的谆谆告诫。

蛋炒饭

私房菜谱

· 蛋炒饭 ·

原料：

米饭一大碗，土鸡蛋两只，虾仁50克，胡萝卜粒20克，玉米粒20克，青豆粒20克，炸米饭50克，葱花20克。盐、酱油等调味品。

制作过程：

1. 加入蛋炒饭的佐料如虾仁、胡萝卜粒、玉米粒、青豆粒等要提前分别处理至熟透。如家常蛋炒饭不用上述佐料，可在炒饭中加入午餐肉或火腿肠。葱切末。取出约50克捣松散的米饭，锅里油七成热时，放入炸至金黄酥脆。

2. 鸡蛋打入碗里，取出蛋黄放入米饭里，用筷子搅拌均匀待用。

3. 冷油入锅加热后，放入剩下的鸡蛋煸炒，倒入刚才搅拌好的米饭料，小火煸炒至米饭粒粒分明。

4. 小火炒至米饭分明时，改中火煸炒，沿锅边倒入酱油，快速翻炒制香，使每粒米饭都均匀沾上酱油。

5. 将佐料如虾仁、胡萝卜粒或火腿肠等倒入炒饭里炒匀，撒入葱花，这时改猛火用锅铲快速翻炒，通过高温把米饭的香气瞬间逼出。整个过程控制在30秒以内，可使米饭每一粒都很有"锅气"。即可出锅。

炒制小知识：

炒饭时可使用事先炸好的金黄米饭，这样炒出来的饭更香脆可口。

炒饭的关键是米饭，传统炒饭经常选用隔夜饭。其实只要米饭蒸得好，不隔夜的依然能炒出又香又韧的蛋炒饭。秘诀是在蒸米饭时，水和米的黄金比例是1:1，蒸出的米饭刚刚透心，韧度刚刚好。晾凉后做炒饭比隔夜饭炒出的效果更好。

▲ 搜集整理　林亚娟

冬至圆

圆圆滚滚白胖子，
轻轻一戳吐黑籽。
——打一食物

冬至圆

冬至,俗称"冬节""长至节""亚岁"等,是中国农历中一个非常重要的节气。从周朝开始就有过冬至节的记载。

老话说:冬至大如年。冬至日宁波民间有吃汤圆(汤团)、大头菜烤年糕的习俗,冬至吃汤团象征团圆、圆满、和谐、吉祥。宁海的冬至圆既可甜吃又可咸吃,有浓厚的地方特色。俗话说,吃了冬至圆长一岁,几岁就吃几个冬至圆。

把细豆、芝麻、黄豆等煮熟辗粉配以红糖制成豆沙粉,再用糯米粉加工成汤圆煮熟,在细豆沙粉上滚,称为豆沙圆(甜圆)。糯米圆油炸至半熟,配以猪肉、番薯面、青菜、香干、冬笋等一起炒制的咸冬至圆,称为炒糯米圆(炒圆)。

宁海的冬至圆既可甜吃也可咸吃,甜的吃法俗称擂圆,咸的吃法俗称炒圆、肉炒圆。

民间传说

宁海冬至节有吃汤圆的习俗,相传与宋末元初浙东文学师表——舒岳祥有关。

话说咸淳十年(1274)春,胡三省即将离京赴任,舒岳祥由京尹曾渊子推荐为户部酒务。胡三省听说舒岳祥也来到京城临安,便以同科进士、同乡之谊邀请舒岳祥到他府上团聚,治酒备筵,以示庆贺。

酒过三巡,府里上了一道热气腾腾的京城流行点心——元宵,看起来像晶莹剔透的白玉,吃起来香甜可口,饶有风味。胡三省看着舒岳祥吃得津津有味,吟诵了姜夔的诗句:"元宵争看采莲船,宝马香车拾坠钿;风雨夜深人散尽,孤灯犹唤卖汤元。"

"这汤圆我们家乡是没有的,可否叫大厨来讲述一下做法。"舒岳祥笑笑说。胡三省看舒岳祥认真的样子,也哈哈一笑,说道:"既然乡兄有这个雅兴,酒后我就叫厨娘来讲吧!"

冬至圆

饭后，胡三省想知道舒岳祥赴任的日期，可以去送送。不料，耿直的舒岳祥意有不乐，准备返乡。原因是贾似道任宰相当权，知道舒岳祥之名，亦闻其才，因不肯做软语，有意让其受挫久困后而用之。此事让舒岳祥知道了，十分气愤。所以他宁可不当官，也不愿受其气。

胡三省听后，吃惊不小，忙说："你既意已决，只好随你了。"

时间如白驹过隙，从京城归家后，不知不觉到了十一月。舒岳祥想，过了冬至，白昼一天比一天长，阳气增加，是个吉日。现在又全家团圆，这个冬至，要做一些好吃的东西来庆贺庆贺，遂想到在京城胡三省府上吃的汤圆来了。

在节前，他与夫人说："我在胡三省府上吃过汤圆，味道很好，团团圆圆也吉利，今年冬至节就做汤圆吃。"随手把记录的汤圆制作过程交给了夫人。

首先，糯米浸泡一天一夜，泡软了，过水沥干。接着，把糯米放到石磨上磨，石磨底下要放一只大木桶，磨出的糯米浆用大木桶接着。再把木桶里的粉浆倒进大粉袋里，扎紧粉袋口，把大粉袋吊在通风处晾干。然后，把糯米团分成如饺子大小的小块，用双手搓成圆圆一个球，放入木盘中。最后把糯米圆球放进镬里滚汤中煮，上浮即可食用。

舒岳祥的夫人是一个聪明人，在舒岳祥的指点下，冬至节真的做出了汤圆。每碗煮熟的汤圆里又放了一小勺绵白糖，撒了几粒糖桂花。左邻右舍和全家人吃得津津有味。大家吃后，都说糯米圆子味道好,问叫什么名称。舒岳祥说:"汤圆。"

汤圆寓意"团圆""圆满",故适合在喜宴和年夜饭讨个彩头,就广泛传开了。后来人们又发明了汤团、炒圆等多种宁海美食。

有赞曰:宁海汤圆味道好,猪油芝麻加白糖;又甜又糯白如霜,团圆甜蜜福气到。

▲ 搜集整理 葛云高

童年记忆

炒 圆

文 / 金 莹

"冬至饺子夏至面"是北方的俗语,在宁海,没吃冬至圆好像就没过冬至。

小时候,老一辈的总说,吃过冬至圆才算长了一岁。那时候的我们啊,天天盼着长大,年年等着过冬至,盼望着那一碗冬至圆。

冬至圆有甜咸之分,有甜的汤圆,也有咸的炒圆。宁海大部分地方作兴吃肉炒圆,既可以当菜,又可以当主食。我印象中,炒圆都是奶奶亲手揉粉制作的。幼年贪玩,总想插一手,总被大人

冬至圆

们拦下,只有站在一旁看的份。炒圆是由糯米圆、肉、笋、番薯面、青菜、香干等食料做成,其中的主角便是这糯米圆了。

今年冬至,爸爸竟破天荒地要自己做炒圆。准备好糯米粉便可以开始揉面了。看似简单的揉面,也有技巧。水要慢慢地、一点一点地加,加水的同时,另一只手要不停地揉搓,水加得太多或者太快都会导致揉面失败。面揉好后揪一团搓成小圆球,把搓好的汤圆放在米筛里。雪白的汤圆娇嫩无比,躺在米筛上无所事事,打着哈欠,米筛用无数个眼睛盯着汤圆,相看两不厌。

揉好的糯米圆还软,不适合直接下锅翻炒,一般都是先煎至定型。我以为爸爸对炒圆是胸有成竹的,没想到又要奶奶出手。只见奶奶熟练地拿起油罐子,先在锅边倒了一圈,端起锅转两

圈,让油平铺整个锅底。接着把糯米圆一个个放进锅里,慢慢煎熟,糯米圆受热鼓胀,外表被晕染上高贵的金色,米香四溢。

"可以炒圆了。"

爸爸得到奶奶的指令,忙切下一小块肥肉熬油,烈火猛油,肉丝冬笋如飞蛾扑火,纷纷投进热猪油的怀抱,与猪油热情拥吻,物我两忘。老酒已在一边醉醺醺地等待多时了,这时直接浇下去,再加点盐和酱油,杀杀他们的威风。肉丝冬笋偃旗息鼓,安分守己。爸爸又慌忙加入青菜和早早泡软的番薯面,"沙沙"翻炒起来,等得不耐烦的油豆腐和香干跳入队伍,所有食材如大联欢一般,无比和谐。见锅里的菜们无力挣扎,煎熟的汤圆便以主角的身份从容进入,吸食各色汤汁,成就荣耀时刻。

吃着一家人一起做的一大碗炒圆,又回溯了一遍宁海人过冬至的美好记忆。

元宵煮浮圆子

[宋] 周必大

今夕知何夕,团圆事事同。

汤官寻旧味,灶婢诧新功。

星灿乌云里,珠浮浊水中。

岁时编杂咏,附此说家风。

地道宁海味

私房菜谱

· 细沙汤圆 ·

原料：

糯米粉、细豆、黑芝麻、核桃肉、黄豆。

制作过程：

1. 将细豆浸泡，煮熟，焖一小时，晾干。
2. 将晾干的熟细豆倒进锅中，一边用文火翻炒，一边用勺子碾碎，直至成差不多变干的细豆糊。
3. 加适量（10%左右）红糖继续翻炒，烘干，直至完全干透，用细筛筛出较细的粉末。
4. 分别将黑芝麻、核桃肉、黄豆炒熟碾碎成粉末状，加入红豆粉中，搅拌均匀。
5. 把糯米粉用温水和好，醒面半

冬 至 圆

小时,再搓成一个个小圆球,大小自己看着觉得合适就好,放到水里煮熟(团子在滚水里浮起来即表明已熟),捞起。

6 找一个适合的容器倒入做好的红豆芝麻粉(在底部平铺),放入3—5个煮熟的糯米圆。晃动容器,使糯米圆表面完全裹满红豆粉即可。

· 炒 圆 ·

原料:

主料:糯米圆。配料:猪肉、番薯面、冬笋、青菜、香干、豆芽等,根据个人口味也可再准备虾仁、蛎肉、白蟹等。

制作过程:

1 烧热油锅,将糯米圆贴锅煎至半熟、略黄。

2 番薯面用开水泡软。

3 五花肉、冬笋、青菜、香干等切丝。

4 油锅开高火,放肉丝爆香,再放入笋丝炒变色后加料酒、生抽和适量水。

5 盖锅调至中火煮至水干,放入青菜、香干、豆芽、番薯面,用盐调味。

6 青菜变色后倒入圆子,翻炒至熟出锅。

▲ 搜集整理 林亚娟

米胖糖

黄牛生白牛，
出生一声响。
长得比娘大，
一群没几两。

——打一食物

米 胖 糖

米胖糖是流行于原同属台州的宁海、三门、象山一带的小吃。其实,与其说是小吃,倒不如说是零食。宁海将零食叫作"散口",散,作零散之意,就是闲散时候消磨时光的食物。宁海的米胖糖、南瓜子(或香瓜子)、番薯糕(长街、力洋一带多为炒蚕豆)合称零食老三样。旧时由于物资匮乏,这几样"散口"也只有临过年时才会制作。春节期间,每有亲朋好友或"拜岁客"上门,主人必会将这些"散口"装在盘子里招待客人。

米胖糖,类似于现在超市里卖的沙琪玛,但沙琪玛腻牙,太甜,远不及米胖糖香脆好吃。宁海的米胖糖仍保留着传统的制作工艺,且品种较多,有用米胖(爆米花)制作的米胖糖,也有类似的冻米糖、花生糖、芝麻糖、豆粉糕等。

民间传说

从前,冯家村有个人叫冯春生,二十岁那年,父母双亡。他就一个人过活。

十一月的时候,农活劳作不忙,为节约粮食,他每天就吃烤番薯充饥,烧一点青菜汤下饭。

一个衣衫破烂的叫花子,满头白发,提着一只竹篮子,到了他家门口,向他讨饭吃。冯春生说:"我家贫寒,哪有吃的,自己也只吃烤番薯度日,给你两个番薯吧!"叫花子拿了两个番薯放进篮

里,说道:"年轻人,你做做好事,把烤番薯锅里的番薯汤浆给我一碗,我可以吃番薯时送咽。"冯春生说:"好的,好的!"就到锅里舀了一勺,放到叫花子的碗里。这碗番薯汤热气腾腾的,散发出番薯的香味,而且又熬得黏稠了。叫花子在门外就将平时讨来的米饭拿出两大把放入汤内,用筷子搅拌了,一会儿汤与米饭糅合在一起,成了团状。叫花子一吃,好吃极了。第二天,叫花子又去春生家讨吃,他不要番薯只要汤。这样一连讨了四天,第五天去讨的时候,春生产生疑问,就问叫花子:"你专门讨汤,是好吃来讨,还是有其他什么用处?"叫花子说:"不瞒你说,我是拌着讨来的冷饭干吃的,掺和后味道很好,凝固成团可捏在手上吃。"

于是,冯春生将筲箕里的冷饭盛出一碗,与番薯汤拌和一起,因汤已成为糖浆,拌揉几下结成了团,拿来一吃,喷香的,甜丝丝,味道好得不得了。

这样,春生在叫花子用冷饭与番薯汤浆掺和成团的启发下,

米 胖 糖

着手做米胖糖了。首先将小麦孵成芽,番薯洗净,放在一起烧煮,烧啊烧,烧煮成麦芽糖浆。将事先爆炒过的米花放入糖浆内,用大勺子不停地搅拌。脆香的米花和浓稠的麦芽糖相互缠绵,在锅内翻滚着。待到糅合成团,把这团一股脑地倒入方形的木框中,用擀面杖来回碾压,将糖压成四方形。趁糖还没冷却,用菜刀将糖切成条,再切成块。他分给左邻右舍尝,都说好吃,香脆味美。人们就问这叫什么糖,春生说:"这是米花和麦芽糖融合而成的,就叫'米胖糖'吧!"从此,米胖糖就在宁海各地流传开了,成为一种小吃。

后来,人们从内容上丰富,发明了玉米胖、花生糖、芝麻糖等食品。

▲ 搜集整理　葛云高

童年记忆

飘香的米胖糖

文 / 张伟珍

想起儿时,每逢年关,大街小巷到处洋溢着节日的气息。最激动的还是我们小孩子,盼着能穿好看的新衣服,能拿零花钱,还

地道宁海味

可以慢悠悠完成寒假作业。因为大人们总是忙着除尘打扫、杀鸡宰羊、置办年货……顾不上我们这些娃娃,此时也便成了我们最无忧无虑的小时光。

那时候能吃的零食少,所以最期盼的便是做米胖糖了。临近年关,大人和小孩天天盼着打米胖的师傅来村里。这时候要是村口一声吆喝"打米胖嘞——",大人们准会扛着准备好的米,蜂拥去打米胖了。小孩们呢,则定是屁颠屁颠跟在后面,最喜去凑热闹,乌泱泱的一群人围着打米胖的师傅。

打米胖的师傅把米倒进黑色的铁罐里,铁罐便呼呼地转着。

"放炮来——"

"砰"的一声巨响,孩子们一阵欢呼,师傅熟练地打开黑乎乎的铁罐,空气中瞬间弥漫着一股米胖的香气,拨开那白白的烟雾,粒粒苗条的米都变成了圆圆鼓鼓的米胖懒洋洋地躺着。

大人们迅速地将米胖倒入带来的袋子中,我们迫不及待地舀一勺米胖赶紧放进嘴里,热乎乎的,酥酥的,还带着一丝甜津津。趁着大人们不注意,又赶紧抓起满满一把塞进口袋。写完作业,一边吃着米胖,一边看着电视,感觉无比满足。

米胖糖的制作是个大工程,经常是几家几户一起,砍柴的砍柴,烧锅的烧锅。先熬出浓浓的麦芽糖浆,等到糖浆飘出香味,再把米胖倒入锅中迅速搅拌,搅拌得过慢了则会结块,吃起来会过硬。为了让米胖糖吃起来更香,还可以往里头加一些花生、芝麻。看着大人们在搅拌,我们这群小孩馋得口水直流,时不时询问好

米 胖 糖

了没。

"来——了——"

大人们一声长啸,将每粒都沾上糖浆的米胖倒入方形的木头模具里。这时候米胖糖还是滚烫的、软软的,得赶紧用擀面杖压平压实,再撤掉模具,将米胖糖切成长方形的大块。先切下来的几块,总是被小孩子们一抢而光,这时候的米胖糖还带着从锅里出来的余热,回味过来是诱人的米香和糖的清香。

除了米胖糖,有时还会做芝麻糖、花生糖。如果还有剩余的糖油就更好了,可以做成牛皮糖给我们当零嘴。

还记得冬天的早晨赖床不起,直嚷嚷着要吃燕窝,电视剧里娘娘天天吃燕窝,不吃不起床。不一会儿,奶奶就端来一碗热气腾腾的东西:"快来看看,这儿有比燕窝更美味的东西。"探出头一瞧,是一碗热水泡的米胖糖。学着电视里娘娘的样子,拿起小勺子舀一勺,慢慢吹两下,送入口中,这泡软的"燕窝"别有一番滋味。

现在想来,并不是米胖糖有多好吃,自制的小吃零食也没有那么可口,而是那段时光是那样美好。简单的米胖糖便是我们幼年时光的纪念。

地道宁海味

私房菜谱

· 米胖糖 ·

原料：

米胖、冻米、花生、芝麻、番薯糖浆或麦芽糖浆、白糖。

工具：

打米胖糖模子、细沙。

制作过程：

1. 用传统方法将糯米打成米胖，即爆米花。传统的米胖机还可以打玉米爆米花、年糕片、番薯片等零食。
2. 用沙子炒好冻米，晾凉。
3. 花生米炒熟，去皮，芝麻炒熟，晾凉。
4. 熬糖。锅加热，倒入少量油，然后依次倒入番薯糖浆和白糖，番薯糖浆和白糖比例大致为2:1，如果甜度不合适，可以在下一锅适当调整白糖比例。同时加少量水。

米 胖 糖

糖浆要不嫩也不老,熬制过程中,可用筷子蘸着观察拉丝情况。如果一拉就断,说明太嫩,黏稠度不够;如果拉起来很粗说明老了,可适当加糖和水,继续熬制。熬糖过程中,可根据口味加入适量橘皮或桂花。

5 拌料。糖浆熬到老嫩适合时,改小火,锅温降至40℃—60℃,加入米胖或冻米,可以是纯米胖、纯冻米,也可以是两者按适当比例混合。也可以加入少量花生、芝麻,如果是做花生糖或芝麻糖,则以花生或芝麻为主。加入米胖或冻米后,将糖浆和米胖充分拌和均匀,拌和的动作要迅速,若时间过久,糖液中的水分蒸发过多,就会使成品变"沙",黏合不拢,而影响成品质量。

6 上架。将拌匀的混合料趁热铲至案板上的木架内,用锅铲将米胖抹平整,然后用木滚筒微微施力滚平、压实。

7 切片。去掉木架后,适当晾凉,用刀切片。

5 装袋。米胖糖切片,完全冷却后,就制作完成了,此时米胖糖松脆、可口。米胖糖最怕受潮,因此切好的糖应及时装到食品袋或饼干箱、酒坛中密封存放。

▲ 搜集整理 林亚娟

团

一只白白球，
腹内好滋味。
不是来张囡，
就是接子丈。

——打一食物

正月十四夜,是宁海传统的元宵节,也是古台州的元宵节,乡民们习惯称为"十四夜"。宁海人过元宵节除看大戏、"燀址界"闹元宵外,制作和品尝美食更是精彩纷呈,不同地方各具特色。如一市的糯、桑洲的麦饺筒、力洋的汤包等,而金团则是东路长街特有的传统美食。

长街金团,俗称长街团,以糯米粉为原料,馅可咸可甜,尤以咸团最为入味,馅料主要是白萝卜、冬笋、豆腐、肉、葱等。团的外观独具特色,封口呈皱花样,团皮以丰满的半圆状包裹馅料,象征着全家人一年团团圆圆、和和满满。

民间传说

明嘉靖三十九年(1560),越溪村王姓人家的独生女儿王美英,嫁到长街大湖村,丈夫叫胡伟。

胡伟秀才出身,文武双全,家境也较富裕,父母已去世。他为人豪爽,仗义疏财,乡亲们都很尊敬他。他与王美英结婚后,夫妻恩爱,生活美满。

但是好景不长,婚后半年的一天中午,胡家突然接到一个噩耗,说前天深夜,台州沿海的一股倭寇,深夜窜到越溪,大肆抢劫掳掠,美英娘家全家遭杀害,财产被洗劫一空。闻此噩耗,美英哭倒在地,胡伟悲愤欲绝。

地道宁海味

    嘉靖四十年（1561），登州卫指挥佥事戚继光被朝廷调到浙江来抗倭，他来到越溪。胡伟得这个消息后，就与妻子王美英说："我要为你父母报仇，去参加戚家军抗倭。"美英心里虽有不舍，但想到父母的惨死，也就同意了。

    胡伟来到越溪加入了戚家军队伍后，到台州上风岭设伏，戚家军士兵每人执松枝一束，隐蔽住身体，使倭寇以为是丛林，等倭寇过去一半，立刻发起进攻。士兵一跃而起，居高临下，猛烈冲锋，全歼了这股倭寇。台州的战斗历时一个多月，共斩杀倭寇14000多人。戚继光因功升为都指挥使。

这时,福建沿海倭患严重,福建巡抚向朝廷一再告急。戚继光奉命到福州抗倭,胡伟又去了福州。三个月时间里,戚家军就荡平了横屿、牛田、林墩三个倭寇巢穴。戚继光升任都督同知、总兵官,镇守福建全省及浙江金华、温州二府。

胡伟参加戚家军后的第二年,他与王美英的儿子出生了,王美英含辛茹苦地抚养。每天在家盼望丈夫回家,等啊等,就是杳无音信。这时,她悔不该当初答应丈夫去参军,可俗话说,天下没有后悔药。只得每天以泪洗面。

话说胡伟在牛田的战斗中,冲锋陷阵杀敌,勇猛无比,不幸左腿被倭寇砍伤,医治一年多才康复。于是,他提出了退役回家。

盼星星,盼月亮,终于盼到丈夫回家了。一家子团圆,妻子开心至极,急忙跑进灶间,想做一顿好吃的东西慰劳丈夫。可是除了米缸里的米和半袋面粉,就是几个自家种的萝卜了。情急之下,她灵机一动,把萝卜刨成丝炒熟,将面粉揉和后包进萝卜丝成圆球状,放在蒸笼里一蒸,蒸熟了热气腾腾端到桌上。夫妻俩和儿子吃了这既是菜又是饭的新奇食品,觉得味道鲜美。左邻右舍知道她家团圆了,取其团圆、吉利的含义,将新奇食品取名为"团",后来在宁海各地也流传开了。

再后来不但有萝卜团,还制出了金团、青团、麻团,米团头上放几粒米、配点红颜料的红头团等,成为宁海的特色小吃——团。

▲ 搜集整理　葛云高

> 童年记忆

团味·年味

文 / 郑晓岚

千里不同风,百里不同俗。宁海的元宵节,不过十五过十四。在我的家乡长街,每年十四夜,家家户户都要包"团"。"团"由古体字"糰"演变而来,寓意着团团圆圆。

做团,是一门纯手工的技术活儿。包团从来都与忙不忙无关,谁家要包团了,邻居的婶婶、大妈们都会来帮忙,似乎比任何事都重要,很多人围在一张桌子边,就像某种庆典,需要一种仪式感。由于包团的工序比较复杂,大家要整夜地忙活,一杯芳香四溢的陈皮茶就是包团的标配,但是不管有多忙碌,家家户户都会包团,好像没吃过团就没过过年。

团有两种口味,咸的和甜的。甜馅制作方便,把红豆煮熟捣成糊加糖即可。咸馅的料可就复杂多了,主角是白萝卜丝,萝卜要地里拔来的新鲜萝卜,既和着泥土的芳香又凝结着祖辈躬身劳作、挥洒汗水换回收获的充实。"滋啦 —— 滋啦 ——"有节奏的声音不绝于耳,是老爸在用菜头丝刨刨萝卜。老妈这边,大砧板上有褐色的香干、金灿灿的黄豆、胖乎乎的油豆腐、绿油油的蒜苗、大块的猪肉、冬笋。用大锅把素油加热,肉末爆香,待熬出

些猪油,大火爆炒,还得依次撒下若干虾皮,配上黄酒、鸡精等佐料,炒熟出锅。香味扑鼻,令人垂涎欲滴。

　　老妈已经开始了和粉。烧火、注水、加粉,老妈总是小心翼翼,等粳米粉在锅里煮至半生不熟时趁热用手拌和,原来煮粉时水和粉的比例要合理,太软了不好吃,太硬了捏不动。婶婶们熟练地把蒸熟的粉团搓成光滑的圆球,接近鸭蛋大小的团儿,手指均匀用力把小团儿揉成酒盅形状,再旋成碗状。最有意思的就是捏边了,把馅料嵌在窝底后,她们就按顺序捏拢边缘,再在口子上捏出绳子花纹,那均匀细密、精美绝伦的麻花拷边,给团增添了艺术的魅力,绝对养眼。

团的形状各异,包得像飞燕娘娘般小巧玲珑的,称之为梭子团;包得像贵妃娘娘般饱满丰腴的,被称为斧头团。手上功夫了得的人还会包成圆形,顶部捏成花瓣状。如果说梭子团如小家碧玉,精致、俏丽,那么斧头团就如志在四方的男儿,厚实、沉稳。这些团赏心悦目,如同精美的工艺品一般。伴随着缕缕烟雾,团已蒸熟,掀开锅盖,透过弥漫的雾气,一只只透亮饱满的团映入眼帘。咬上一口,萝卜的鲜美、虾皮的松脆,令人齿颊留香,伴着猪肉的油亮、蒜苗的青绿,也是视觉上的享受。

鞭炮声中,咬上一口团,期待着明年元夜时,花市灯如昼的元宵节的到来,这是无数家乡人的希望。

私房菜谱

· 团 ·

原料：

外皮的原料是糯米粉、粳米粉，比例是1∶15。

咸团的馅料有萝卜丝、猪肉、香干、笋、芹菜、虾皮、黄豆等。甜团馅料通常是豆沙和芝麻。

制作过程：

1 团皮揉制。糯米粉和粳米粉大致按比例混合均匀，加适量温水，在锅内边拌边烧，保证干稀适度，烧至六七分熟，然后将粉铲出，揉搓成有韧性的粉团。也可以先将粉加开水揉成团，再蒸至六七分熟，再搓成有韧性的粉团。要防止粉团风干、表皮开裂。

2 馅料制作。团的馅料可根据不同口味选用萝卜丝、猪肉、香干、冬笋、芹菜、雪里蕻、虾皮等，一般萝卜丝用量最多。馅料制作与汤包馅制作类似。先将各色馅料洗净切末，在锅里先小火放入少许油、盐，依次放入肉及其他配料，大火熟炒后，盛在盆内，晾凉待用。

3 制作米团。将大粉团揉成酒盅形状，舀入馅料，然后按顺序捏拢边缘，再在口子上捏出皱花样。馅料宜多不宜少，这样制作的团会更饱满，馅料更足，吃起来更爽口。团封口捏成皱花样，可以防止饱满的团在蒸制时裂口，也使金团的外形拥有独特的"裙边"。

不同形状的团，制作方法有细微差别。梭子团是先把封口捏成一直线，再搓成锯齿般"绳子"样，侧面放，像织布的梭子；元宝团是封口捏成一直线后按两个大凹口，仰面

放,两角上翘,像元宝;荔枝团多用红豆馅,封口捏成平面,顶上嵌上些糯米,扑面放,形似荔枝;三角峰多用芝麻馅,封口捏成三个角,仰面放,尖角如山峰;轿顶花,多用芝麻馅,封口捏成四瓣,剪成花瓣状,仰面放,如一朵花。

4 蒸米团。蒸笼屉底部铺一层湿纱布,将制作好的团依次平放在蒸笼里。蒸笼放到水烧开的锅上,旺火蒸10分钟左右,成熟后即可出锅。蒸熟后的金团馅料香气十足,叫人垂涎欲滴。

团应即蒸即食。冷团也可以油煎,在平底锅上倒少许油,中小火加热,将团排入锅中煎至两面金黄即可。

· 青餣(音 yè) ·

在长街的青珠、山头沿海一带村庄,村民大多祖籍台州,清明节除了捣青麻糍,还传承着一道独特的美食——青餣。

青餣,是在青团四周包裹一层槠树叶蒸制而成的。槠树叶子和果实均有药用功效,叶子具有清凉解毒之效,果实可做槠树豆腐。用槠树叶包裹青团,既防止青团果在热蒸时粘连、变形,又将槠树叶的

清香融进青团果中。楮树叶包裹的青餣宜保存和再次加热食用。

制作过程：

1 准备楮树叶。楮树是南方常见的乔木，叶常绿，有药用价值，楮树果做成的苦楮豆腐有补脾益胃、清热润燥、利小便、解热毒的功效。摘取叶片完整的楮树叶，以2—3年叶龄的粗大叶片为佳，将叶片清洗干净，刷去叶背绒毛，自然晾干。包青团的楮树叶被形象地称为"青餣娘"。

2 准备青。青，又写作菁，清明时用来制作青麻糍和青团，因此又叫清明菜。用来捣青麻糍的青有多种，尤以糯米青（又叫棉青，学名鼠曲草）为最佳，口感好，艾草青次之。糯米青全草可入药，有镇咳祛痰的药效，其开花后晒干，在中药里叫"佛耳草"。艾草青（茼蒿青）是田间地头常见的青，因外形与中药艾叶较像，又称艾草青，但与艾叶是不同品种，这种青要挑取嫩的，老了就不好吃。

做青团与捣青麻糍一样，先将青择取，洗净后，用沸水焯一遍，去涩味，滤去水分，切细，在捣臼里捣成泥茸状。

3 粉料准备。糯米粉与籼米粉以1:1拌和，加适量小麦粉与素油，拌入青泥，揉成粉团。

4 准备馅料。青团的馅可甜可咸，甜馅有红豆馅或芝麻核桃馅，咸馅则与汤包馅相同。

5 制作青餣。青团的制作跟裹馒头类似，做成青餣时，将青团裹成茧子状，外面黏上3至4张清香的楮树叶，依次竖立排放在蒸笼里。

6 蒸制青餣。装笼的青餣在锅里用旺火蒸15分钟左右，再用文火稍微焖一会儿，便可揭锅。青餣融合青和楮树叶的清香，柔韧而不腻口，既可热食也可冷食。

▲ 搜集整理　田旭

炒香榧

爹娘生我椭圆身，
五爪金龙缠我心。
火将军杀我镬头，
食客君爱救盘头。

——打一食物

炒 香 榧

千年香榧三代果,香榧是我国特有的稀有珍果。宁海双峰香榧生长在高山中,无污染、壳薄、肉肥、香脆可口、品味纯正,久享盛名。香榧全身是宝,是集果用、药用、木材用、油用、绿化观赏等多种用途于一体的稀有果树。香榧的种子、种仁、枝叶都可入药。据《本草纲目》记载,香榧具有"治五痔,去三虫蛊毒,鬼疰恶毒""助筋骨,行营卫,明目轻身"等功效。香榧的药用价值很大,不仅具有清肺、润肠、化痰、止咳的功能,其果衣还能驱蛔虫、助消化。

民间传说

传说很久以前,有两位仙女厌倦了终日幽闭的天宫生活。

她们于云中环视人间,忽见一处四周群山环绕,一条清溪流淌而过的葱绿坡地,山水秀丽,知是人间的风水宝地,便私自下凡,栖身于山腰石壁间的仙人洞,从此过着无拘无束、自由自在的生活。

她们悄悄偷走天庭中特有的榧树种子,散播在山坡及清溪两旁,不久便长出新苗。她俩精心培育,几年后竟长得郁郁苍苍。后来,人们将这地方称为榧坑。

可是好景不长,仙女们下凡播种榧苗的事终于被玉皇大帝察觉,他就派天兵天将捉拿仙女问罪,霎时乌云翻滚,雷声隆隆,仙人洞被天兵团团包围。天兵天将口传玉皇大帝旨意,搬来巨石,封堵了仙人洞,还将两位仙女的眼珠残忍地挖出抛于山坡上。

仙女们被挖出的眼珠抛出的时候,正好落到她们培育的香榧树上,此后结出的香榧果,硬壳两旁便长出一对"小眼睛"。她们含冤遭诛,死不瞑目,故将眼睛长在榧果上,以此昭示后人。

现在,吃香榧时,只要对准硬壳上的两只小眼睛,轻轻一按,硬壳马上碎裂,橘黄色的果肉立即暴露出来,你便可尝香郁松脆的香榧仁了。有多少人知道这两只小眼睛是仙女的眼珠呢?

因而,苏东坡席赋香榧诗曰:"彼美玉山果,粲为金盘实。瘴雾脱蛮溪,清樽奉佳客……愿君如此木,凛凛傲霜雪。"

▲ 搜集整理　葛云高

童年记忆

榧坑有"榧"

文 / 王　静

冬天是吃坚果炒货的季节,香喷喷的花生、瓜子、栗子、核桃早已俘获了我们吃货的心。而在宁海有一种特有的珍稀干果,因为其较高的营养价值、药用价值、保健功能,享有"坚果之王""千里圣果"的美誉。这,就是香榧。

炒香榧

  宁海黄坛水库往北,沿着山路盘行,眼前的道路,忽而闭塞,忽而宽阔,绿色却总是满眼满眶。看到远处云雾在群山夹峙的谷底翻腾,微风从谷底吹过,雾便乘风向密林蔓延,这时,你会看到密林在云雾中若隐若现,白的雾和绿的树纠缠在一起,如梦似幻。

  我们开车50来分钟到达了榧坑村。

  一入村,就嗅到空气中飘浮着的淡淡的香气,香气中带着一丝丝甘甜,这香气,就是香榧树散发出来的。村中香榧树成排而立,一棵棵身形粗壮,枝叶茂盛,遮天蔽日。站在树下,别有一番不似凡尘的感受。

  妹夫早已等在村口,将我们接到家里,妹妹早已摆上家里种

的土豆、家里养的鸡下的蛋、山上挖的笋,还有必不可少的香榧。

我捡起一颗,仔细端详,找到两个"小眼睛"。拇指与食指轻轻一捏,榧壳啪一声裂开,再用四指捏住榧壳,轻轻一旋,黑黑的榧膜纷纷脱落。然后把榧果放入口中细细咀嚼,顿觉颊齿留香,回味无穷。记得何坦在《乞蜂儿榧于郭德谊二首》(其一)中写道:"味甘宣郡蜂雏蜜,韵胜雍城骆乳酥。一点生春流齿颊,十年飞梦绕江湖。"说的是香榧的味道,甘美如宣城雏蜂酿的蜜,风韵如古代秦国都城雍城骆驼的乳汁制成的奶酪。刚吃下一颗香榧,马上产生春天百花齐香的感觉,即使十年后身在江湖,那味道还会在梦中萦绕。这想必是对于香榧味道最传统的一种表达了吧。

香榧是坚果中的贵族。种下后,第一年开花,第二年生长,第三年成熟,十五年左右才会结果,九月上旬到中旬采摘。我们兴趣盎然,说很想上山帮忙采摘。妹夫急忙拦道,采摘香榧是一项十分危险的技术活,一是因为香榧太宝贵了,舍不得打丢了,所以榧农不能站在树下用摇撼和打枝的方法去振落满树的香榧,而是把自己吊在自制的架子上,一颗一颗细心地采摘。二是香榧树以老树居多,十树九空,而且树上长满绿苔,采摘时踩空就成了家常便饭,已经有好多榧农因此而遭难。听着这一个个事故,我不禁感叹这一颗颗香榧背后是一个个鲜活的故事,更有生命的付出。

吃完饭,妹夫、妹妹一家也要上山采摘了。回家时,看到山中的树林间隐约可见采摘香榧的人,心中多了一丝牵挂,希望妹妹、妹夫平安,希望榧农都能平安。

送郑户曹赋席上果得榧子

[宋] 苏轼

彼美玉山果,粲为金盘实。瘴雾脱蛮溪,清樽奉佳客。
客行何以赠,一语当加璧。祝君如此果,德膏以自泽。
驱攘三彭仇,已我心腹疾。愿君如此木,凛凛傲霜雪。
斫为君倚几,滑净不容削。物微兴不浅,此赠毋轻掷。

这是一首五言咏物古诗。开头四句从香榧的产地、容器之美,来历不凡,饮酒送客入题,为下面进一步赞美香榧作铺垫。中间十句借香榧的果实能治病、树木能做木器的功用,既赞美香榧的珍贵,又期盼别离的人要学习香榧的品德来提升自己,要像榧子一样正气凛然地迎霜斗雪。最后两句强调香榧虽小,给人的启发联想不浅,希望别者珍惜此物。诗中咏物既有物象的描写,又有言理的成分,立意较高。

地道宁海味

私房菜谱

· 炒香榧 ·

制作过程：

❶ 采摘香榧。香榧树生长缓慢，从种植到可采果需要15年。榧树寿命很长，双峰乡中央山村现存一棵树龄达1010年的千年榧树王，为宁波古树之最。香榧又称三代果，当年开花结的果到后年才能成熟采摘，因成熟的周期长，会出现三代同树、花果同枝奇观。

香榧采摘期一般为每年9月，这时前年结的榧子成熟。榧子只能人工采摘，有些榧树高大，采摘爬高时有一定的危险。采摘下来的香榧果一般为绿色，外皮富含芳香烃类物质，不可食用，内核为可食用坚果。

❷ 香榧去皮。刚采摘的榧果外皮呈绿色，较难剥离。一般可集中

炒香榧

堆放，等外皮腐烂后再剥离表皮。去皮后的坚果呈黄色的梭形，核壳坚硬。去皮后榧果晾干。

3 香榧风味的好坏与炒制工艺及手艺人的技艺密不可分。一般香榧需炒两次。

按照每加工1千克干制的香榧配备八角茴香8—10克、丁香2—3克、决明子1—3克、食盐15—30克的比例备好香榧调料。将原料放在锅里加水煮，水量为需要加工的香榧重量的30%左右，大火烧至沸腾，再改中火煮制20分钟，冷却后捞出料渣待用。

4 将粗盐放入锅内翻炒5分钟后，将干制的香榧倒入锅内，粗盐与香榧的重量比为1:2，温度控制在120℃—130℃继续炒制，炒制时间控制在10—12分钟，得到第一次炒制后的香榧。

5 将炒后的香榧冷却，倒入配制的汤水中浸泡，如汤汁不够可添加水至刚好浸没香榧，浸泡时间为2—3小时，浸泡完成后捞出沥干。

6 将粗盐炒热后，倒入浸泡后的香榧进行第二次炒制，炒制温度控制在130℃—140℃，炒制时间控制在30分钟。此时可以检查香榧仁颜色，如为米黄色（浅黄色）即完成第二次炒制。冷却后称重装袋。

现在炒制香榧一般都借用机器辅助完成，能准确控制好温度和时间，炒制出来的香榧色泽均匀，炒制效率也大大提高。

炒制后的香榧香酥可口，香气馥郁，是营养丰富的上等干果。梭形的香榧略粗的一端，长有一对"西施眼"。食用时，拇指和食指分别捏住"西施眼"的两个点，用力一挤，就可轻松剥开外壳。

▲ 搜集整理　林亚娟

麦虾汤

虾麦结缘,
水中开花,
七公见了笑呵呵。
——打一食物

麦 虾 汤

在旧社会,麦虾是穷人吃的东西,把面粉加水调成糨糊状,用菜刀或铲子将糨糊削成一条一条下锅,一条条粗短的面粉糊在沸水中瞬间成型,两头尖中间粗,在锅中上蹿下跳,有的甚至弓起来,像极只只大虾,故而,宁海人形象地称其为"割麦虾"。然后加点笋丝、萝卜条、小青菜等,带汤出锅后就成了一碗面嫩汤鲜的美味麦虾汤。

当然,麦虾里无虾,这是过去的事情了,现在这碗面食里的佐料已经极大地丰富起来,浇头里往往加入小海鲜诸如鲜虾、花蛤、蛏子等,除了这些,还有其他各种丰富的荤素浇头,如肉丝、蛋皮条儿、笋干、萝卜丝、丝瓜、香菇、香干等。

民间传说

俗话说:"小满前后种田忙,十担牛屙九担便。"传说晚清时,岔路后柴村的柴兴,在小满过后,就在田里忙碌了。耕田、耙田、做田岸。小满过后第五天,柴兴去种田,并叫了妻子葛氏去帮忙拔秧。葛氏拔啊拔,忘记了时间。临近中午了,葛氏心急火燎地回家烧饭。

葛氏原先打算这天做麦糕给丈夫吃的。但因为忙着出门拔秧,把和面的事情忘记了。面团没有发酵,现在要做麦糕已经来不及了,烧什么吃呢?既要节省时间,又要解决吃饭问题。

葛氏灵机一动,把洋芋洗净切片放入饭锅里煮着。又拿出面粉,准备做麦疙瘩。她将面粉放在一个大碗里。也许是心急的缘故,水倒得太快,一下子倒多了,面粉变成了糊状,不能做麦疙瘩了,情急之下她拿来一双筷子,将大碗里的面糊用筷子划夹成不规则的小条状,和咸菜都倒入锅里后,沸腾的洋芋咸菜汤将它们瞬间凝结,变成长长的、圆圆的、弯弯的多种形状的面块,尝尝咸淡,觉得味道很好。

柴兴从田里回来吃午饭,葛氏忐忑不安地端上这一碗食物。柴兴见后,感到新奇:"你今天做的是什么呀?"葛氏笑笑说道:"是把面糊划夹到锅里烧的饭。""这哪里是饭啊,这是一种新奇的东西,要取一个名字的。"葛氏想了想:"这饭锅里的麦糊条在沸腾的水里像开花一样,就叫麦花汤吧。"

柴兴在田里插秧,与隔壁田里劳动的老王讲起中午吃的"麦花汤"。老王回家后告诉妻子,后来大家就纷纷效仿。从此,这一

麦虾汤

美食就在宁海城乡传开了。

后来,人们又把大海里的虾加入麦花汤,增加了海鲜味,成为名副其实的"麦虾汤"了。

▲ 搜集整理 葛云高

童年记忆

麦虾汤的风味

文/何 欣

麦虾汤在宁海的风味小吃里可谓"前辈"了。"麦虾"其实不是虾,如果你恰巧目睹了麦虾汤的"成型之路",就会看到一条条两头尖、中间粗的面粉糊在沸水中上蹿下跳,活像一只只大虾,"麦虾"也就因此得名了。

这种陪伴了一代又一代人的地方美食不仅味道让人留恋,做法也颇有讲究。面粉和水需严格按照比例调成糊状,有经验的师傅们会在里头打入一个鸡蛋,或加少许盐,目的是让麦虾的口感更筋道爽滑。将面糊搅拌均匀后搁置一旁备用,在锅中放入肉末、香菇丁爆炒,顿时鲜香四溢。之后,就轮到锦上添花的配料

地道宁海味

闪亮登场了。从前的麦虾汤里只有麦糊,而如今鲜虾已是必不可少,除此之外,青菜、胡萝卜丝、笋丝,抑或是土豆丝、西芹,各式配料,任君挑选!倒入适量的水,各色配菜上下起伏,煞是好看。等水沸腾后,麦虾汤的重头戏——割麦虾就要上演了。面糊的形态已介于固体和液体之间,所以不论是拿刀还是拿筷子,都十分容易刮入锅中,就这样煮上个几分钟,麦虾汤就可以出锅了!

一碗地道的麦虾汤,麦虾形状需均匀,厚度需适中,长短需一致。割麦虾看似简单,实际做起来则是大有讲究。所以人们总说,麦虾汤里全是割麦虾人的心思。且看那林林总总的宁海特色小吃,又有哪一样不是融入了制作人满满的心意呢?

如今,每一条宁海的老街上,总能看到几家麦虾汤馆。走进店里,一声吆喝:"老板,一碗麦虾汤,加小排!"只需稍等片刻,老板热情的招呼就与一碗热气腾腾的麦虾汤一起上了桌。洁净的碗里,各式配料众星捧月般衬着透亮的麦虾,绿绿的葱花点缀其间,喝上一口浓郁鲜美的汤底,饶是再不喜欢吃面食的人,也禁不住要大快朵颐一番。

听雨打叶,观海品茶,登高望远,围塘捕虾……生活在这片宁静秀丽的土地,可以有各种各样的休闲方式。但每一次回归到食物本身,宁海人大多都会有一样的选择:最具乡土情怀的,即是最本真的,即是最能让身心得到满足的。

生活总在变相地给我们出难题,而食物可以带给人最简单的快乐,今儿下班,不如来一碗麦虾汤吧?

私房菜谱

• 麦虾汤 •

原料

面糊：一斤面粉、一匙菜油、一匙盐，加适量水，放入大碗内调成面粉糊浆备用。

佐料：海鲜可以选用小白虾、花蛤、蛏子、虾蛄等，洗净。肉丝、笋干、水泡香菇、香干切片及小青菜、萝卜、丝瓜等时令蔬菜切丝。

制作过程：

❶ 旺火起油锅，放入肉丝、青菜、萝卜、香菇等，加适量黄酒炒，然后加入水，猛火烧开。

❷ 用菜刀沿大碗口将面粉糊浆切成条状下锅。"割"麦虾手法类似北方做刀削面，将面"割"得粗细均匀、长度一致为佳，这需要一定技巧，"割"得不好的话，面疙瘩会变成面坨，口感变差。

❸ 放入适量盐，再加入虾、蛏、蛤蜊等海鲜及笋干等佐料，旺火烧熟后带汤起锅。

❹ 麦虾汤盛在碗中后，根据个人口味可以放上熟大排、卤蛋或荷包蛋。

▲ 搜集整理　林亚娟

烤洋芋

圆圆球,黑油油。
不能拍,不能打。
既当菜,又当粮。
——打一食物

烤 洋 芋

洋芋,学名马铃薯,又称土豆,大约在15世纪传入我国,如今成为排在水稻、小麦、玉米之后的世界上第四大作物,有"生长之母""第二面包"的美誉。在粮食不足时,土豆可当作主食。现在已是我们饭桌上常见的一道菜。

宁海胡陈多山地,土壤有机质含量高,种植的洋芋色佳味美、淀粉含量高,低脂肪、高蛋白、粗纤维,营养丰富,是具有保健功效的绿色食品。

宁海人把加入重料长时间煮的烹饪手法称为烤,烤洋芋,既是宁海人的"深夜食堂"——小吃摊上常见的美食,也是当地饭馆、酒店餐桌上的一道常见开胃菜。

民间传说

话说民国初年,王家村有一位财主名叫王明华,饮食十分讲究,家里专门请了厨师负责膳食。真是山珍海味,什么都吃过。今天吃,明天吃,厨师烹制出来的菜肴,都是大同小异,味道类似,因此感到不太满意。

一天,这位财主家来了一个上海的亲戚。他吩咐厨师:"今天我上海亲戚来,你要做出一道新的菜来。我们吃得满意,你重重有赏。否则我就不请你了。"

厨师很为难。想想自己虽然算不上名厨高艺,但是也称得上巧手。自从到这个财主家当厨以来,什么粤菜、川菜、鲁菜、苏菜、浙菜、闽菜、湘菜、徽菜等八大菜系名菜,也都一一烹饪过。而今手艺用尽,看来在这里是做不长了。

他索性用厨房里剩下的小洋芋,做一个新菜。他将洋芋洗干净,把红糖、老酒、食用油、茴香、咸菜卤等料理一股脑儿放进锅里,慢慢烧。几小时后,洋芋干瘪起皱,有嚼劲,散发出一股特殊的浓郁香味。

晚宴上,最后一道烤洋芋端上去了,这东西看看黑黝黝,相貌蛮推板。上海客人以为是什么名菜佳肴,举筷品尝,咸淡适中,有嚼劲,香喷喷,与众不同。他连声赞赏:"好菜好菜。"

王财主听到客人赞美,心中大喜,忙问厨师:"这是什么菜呀?过去你从来没有烧给我吃过呢!"厨师心里想:什么菜?滚蛋菜!我是预备你辞退我,才烧这道菜的。就顺口回答:"这菜吗,是压饭榔头,叫烤洋芋。"

厨师歪打正着,将洋芋烤成了美味佳肴的消息传开以后,人们纷纷仿效,从此,宁海烤洋芋就流传开来了。

▲ 搜集整理 葛云高

童年记忆

家乡的烤土豆

文 / 丁慧慧

土豆是种有趣的食材,用炒、煎、炸、煮、烤、炖等多种烹饪方式能做出不同的风味。但在我味蕾的记忆中,那香喷喷、咸滋滋的烤土豆,特别能勾起我的食欲。

大学时离家求学,最想念的就是烤土豆了。每次从学校回来,一下车,这座城市特有的烤土豆香味儿就迎面扑来,心急却得小心翼翼走下石阶,然后就三步并作两步跑到摊点前,早已忘记了优雅的吃相,囫囵吞枣般吞下,身心便得到了极大的满足。

在宁海小县城里,人们经常把烤土豆作为下午茶的点心,每到下午三点左右,街头巷尾的小推车上,冒起白雾般的热气,只见一锅锅土豆在煤炉上调皮逗弄着,似乎在等待着人们的宠幸。烤土豆通常分成两种,一种是盐烤土豆,皱巴巴的皮上黏附着一层细白的盐花,咬一口,软糯又有嚼劲,几只下肚,既解了馋,又添了满满的能量。另一种便是油烤土豆,油烤土豆口味更重,但也更具有一种独特的家乡风味。

我是个有口福的人,虽然爱吃烤土豆,但是自己却不会烧,结婚后遇到了贤良淑惠、做菜水平一流的婆婆,烤土豆是婆婆的

地道宁海味

拿手绝活。每逢暑假,婆婆就会在家里准备一些胡陈那边买来的土豆,据婆婆说,胡陈的土豆长在山里,那边有独特的红泥砂土壤,再加上山里清洌甘甜的溪水滋润,胡陈乡的土豆皮薄肉嫩,淀粉含量高,吃起来会又粉又糯。

午饭过后,婆婆便要挑选一些土豆,选的土豆个头要小,太大不能入味,也不能太新鲜,太新鲜的土豆烤不皱,味道也会差很多。准备好了土豆,就要找一些调料,把酱油、食用油、红糖、盐和土豆一齐放入高压锅内,最好还能加入一些腌制的糖醋藠头汁,加汁后的土豆烤出来风味更加独特。

所有土豆装锅后,接下来就是最重要的"烤"的环节,小时候,家里都是用柴火大锅,这样的锅烤出来的土豆风味更加浓郁一些。现在平常人家一般都是用高压锅烤,这样烤土豆,得先用大火烧,等到高压锅冒起腾腾热气,气阀不停旋转冒白气时,就得改用小火。这时厨房里弥漫着浓香藠头味,特别能勾起你的食欲。每次婆婆叫我把火关小一点时,我便兴奋异常,肚子也开始咕咕叫了,不停地问:"还要多久才能熟啊?"这时,婆婆就会笑着说:"不是刚吃完午饭嘛,吃土豆就有两个肚子了。"约莫过了十分钟,婆婆便打开了高压锅,用力地抖动着高压锅,使锅底的土豆翻上来,婆婆说这样可以使整锅的土豆味道均匀一点。打开高压锅后,锅盖便不能再盖上了,接下来就是考验烤土豆的真功夫了,关键在于能不能烤"皱",能把土豆烤皱被视为烤土豆成功的标志。有时我就静静地站在锅前,看着热腾腾的土豆在香郁的浓

烤洋芋

汁中翻腾,汁水没有浸到的地方,土豆便开始一点一点收紧,外皮就渐渐皱了起来,似乎是一个年轻饱满的姑娘经过岁月的洗涤慢慢成为一个饱经风霜的老人。小火收汁,土豆发皱,烤土豆便成功了。烤完的土豆,通常还要淋上一点蜂蜜,撒上一些芝麻,有了芝麻的点缀,蜂蜜的调味,烤土豆是色香味俱全了。

  我迫不及待地关掉火,迅速抓起一个,放在手上,烫得不行,急忙换手,从左手换到右手,咬一口,又从右手换到左手,再咬一口。在嘴里嘘几口气,转几下,再吞下去。啃着这烫嘴烫舌的烤土豆,简直不知道世间还有什么山珍海味比这更好吃。这时,婆婆就会在旁边说:"少吃点,还得吃晚饭呢!"

地道宁海味

私房菜谱

· 咸烤洋芋 ·

以前烤洋芋常在煤球炉上烤，盐分慢慢浸入洋芋内，煮烤过程由于开着锅盖，香味能飘出老远。现在家常做法，可以使用电饭煲，也可用高压锅。

制作过程：

1. 选用新鲜小洋芋500克，洗净，盐20—30克。
2. 将洋芋倒入锅中，放盐，加一碗水，蒸煮。土豆蒸熟后，收汁蒸煮阶段可开着锅盖，若水快煮干时，土豆不够入味，可适当加点开水后继续烤煮。锅内水收干后，土豆冷却后皱巴巴的，上面粘着一层细白的盐花。如果不想守在锅前，水适当多放一点，使用煮饭功能即可。

· 藠头烤洋芋 ·

藠（jiào）头，是宁海常见的

烤洋芋

下饭菜。藠头不仅营养丰富,还有健脾开胃、舒筋益气、解除油腻、通阳祛痰等药用功效,被誉为"菜中灵芝"。用藠头烤洋芋,是宁海的特色,将洋芋、腌藠头、酱油、食用油、糖、老酒等原料放在一起煮烤,造就了平凡而美味的烤洋芋,充分展现了宁海厨娘们的聪明才智。

藠头烤洋芋,与盐烤洋芋类似,开始入锅时加入糖醋藠头100—150克,连藠头汁一起倒入。

土豆煮熟后,加入少许食用油、酱油,若需要甜一点,可加入一汤匙红糖,继续烤,直到收汁皱皮为止。

为了缩短煮烤时间,可用高压锅,先用大火将土豆炊熟,放气去盖后用文火慢慢烤。烤洋芋,煮的时间越久越入味,有条件的使用煤球炉效果更佳。

▲ 搜集整理　林亚娟

面皮

白纸撕片片,
放在镬中央。
沸汤都勿怕,
只怕用竹枪。
——打一食物

面 皮

面皮是我们夏天在街头巷尾经常能见到的一种美食,依个人口味拌上辣子油、味精、盐、酱油、蒜泥,再配上细细的黄瓜丝,口感爽滑,非常有嚼劲。面皮不同于凉皮,面皮主要原料是面粉和淀粉,而陕西凉皮则是用大米为原料做的。

民间传说

元朝统一中国后,朝廷的收入十分之七八来自江南。据《元史·食货志》记载,北方和江南实行两种税制。并且当时元政府还规定,民间不能有兵器,铁器也要严格管制,连菜刀也是十户人家共用一把,导致百姓生产和生活相当不便。有浙江诸暨画家、诗人王冕写的《江南民》为证:

江南民,诚可怜,疫疠更兼烽火然。军旅屯驻数百万,米粟斗直三十千。

去年奔走不种田,今年远丁差戍边。老羸饥饿转沟壑,贫富徭役穷熬煎。

豺狼左右虎后先,况尔不肯行楮钱。楮钱不行生祸愆,官司立法各用权。

……

宁海黄坛杨镇龙,自幼习韬略、练弓马,宋末以右科登第。好义轻财,所交皆豪杰。至元二十六年(1289)二月聚众反元。

客人多了,吃饭是个问题。为了防止泄密,杨镇龙的妻子童氏开始时用竹刀切菜,但是竹刀不够锋利,效果差。

有一次,客人太多,烧菜实在来不及,童氏就冒险把起义用的钢刀拿出来割肉切菜。杨镇龙听说后大惊失色,暗中狠狠把童氏教训了一顿。

但是这样一来,童氏就为烧饭而发愁。她想了想,只好不用肉菜,改用青菜、白菜、豆腐等蔬菜来制作菜肴,更多的时候以面条为主食,因为蔬菜和面条都可以用手撕。事先洗好蔬菜,用手把菜叶、菜梗撕成合适大小,又用面粉掺水,在锅里揉和面团。将面团放在面板上,用擀面杖擀成一张张又滑又大、皮薄如纸的圆饼坯子。一切准备就绪,就把菜叶、菜梗、豆腐、油豆腐等放锅里烧煮。等到水烧开后就用手拉扯皮薄如纸的圆饼,撕成碎片,放入汤锅。再煮沸一会儿,放入葱花等调料就可以吃了。

童氏首先试吃。发现面片经过拉扯煮熟以后反而更加入味,油和菜汤能够沁入面皮,软熟润滑,风味独特。客人们吃了以后,纷纷感到又新奇又好吃,大家就问这个食品叫什么,童氏一时回答不出,杨镇龙思忖后说道:"就叫手撕面皮吧。"

用手撕面皮解决了吃饭问题后,起义军迅速发展壮大了,后来达到12万人。他们以玉山为据点,杀马祭天,宣布受天命立国,定国号为大兴,年号为安定,杨镇龙自称为大兴国皇帝。起义军首先攻占宁海、象山,又进军东阳、义乌、嵊县、新昌、天台、永康等地。后来,虽然杨镇龙的起义失败,但是手撕面皮因为晶莹剔透、皮薄如纸、爽口润滑的特色,在宁海一直流传下来。

人们为纪念杨镇龙反抗元朝统治者的义举,又称它为"皇帝面"。

▲ 搜集整理 孙常钊

童年记忆

面 皮

文 / 杨世扬

走进众多的宁海面馆,你都会在招牌上赫然看到面皮。

如果喜欢素一点的话,你可以点一份以笋等山珍为主料的,面皮翻着白肚子,缀以翠绿的葱花,俨然一幅杰作;如果喜欢荤的话,你可以点一份以大肉、大排等为主料的,白白的面皮染上浓浓的汤汁,肉香扑鼻;如果喜欢海鲜的话,你也可以点一份以蛏子、花蛤、小白虾等海味为主料的,白白的面皮早已经淹没其间,宛如鱼儿出没,当然如果豪爽一些的话,会加上白蟹、青蟹等来显示一下其特殊的身份,显得霸道了一些……食客们大多都会做出比较"平民"的选择。

当然最家常的,还是自家的面皮,朴素的作料,蕴着朴素的情感……

偶尔,母亲会去面店买一些面皮。样子煞是好看,翻着卷,长短、厚薄、宽窄似一个模子里刻出来的,断然是机器的功劳,嚼起来味道自然也是千篇一律的。

通常,母亲会自己做,那自然是最受大家欢迎的。通常,做完馒头或者麦糕之后,剩余一些面的边角料,小块的面疙瘩,母亲可以变魔术似的,把它们幻化成有意思的面皮。当然,如果人多的话,母亲会完整地做出一钵面,然后拿刀,"咻——咻——",几刀理出面皮,约有皮带那么宽。不管是

面 皮

边角料,还是完整的,母亲都信手拈来,随意地拉扯之后,宽宽窄窄,长长短短,薄薄厚厚的,个性十足。

四五月份,最新鲜的土豆带着新鲜的泥土气息成为厨房新贵。刨去皮的土豆、已经浸泡多时的笋干、碧绿的豌豆和面皮逐一落锅后,在沸腾的水里,上下翻腾,着急出锅。母亲一碗一碗盛好,此时碗里憨憨的土豆、仍显得强硬的笋干、精灵一般的豌豆、柔软的面皮,仿佛一场美食的盛宴,不显山不露水。再浇上事先准备好的浇头,顿时锦上添花,闪烁着晶莹的光泽,葱花把所有的味道都带了出来,综合而浑厚,引诱着你的味蕾。咬一口土豆、豌豆,满是春天的讯息,糯滑、腻爽,夹一块面皮,嚼劲十足,似乎有一股遒劲的力量。口腔里各种味道轮番上演,无法用语言来描述,只是觉得满足。

那一刻,真的喟叹:母亲,是厨房的好手!

母亲断然不会让面皮只呈现一种口味。蛏子、花蛤和小白虾是海鲜味面皮的绝配。自家承包养殖塘那会儿,所有的食材都是最新鲜的,活蹦乱跳的小白虾、伸着慵懒肥大的斧足的蛏子……这时候的面皮好像是一尾尾鱼儿,畅游其间。迎着腾腾的热气,嚼着面皮,喝着鲜得醉人的汤汁,那是最美的味道 —— 辛勤的味道,收获的味道,家的味道。

普普通通的面皮居然成为最大的念想,植根在内心深处……

地道宁海味

私房菜谱

·面 皮·

原料：

面粉及玉米淀粉各250克左右（约1纸杯），1纸杯的水，盐、食用油、生抽、醋、白糖等适量，大蒜1头、黄瓜1根，炒熟的花生等。

器具：

大锅1个，无把手的普通不锈钢平底盘（或比萨盘）1个，要求平盘能整个放入大锅。

制作过程：

1. 将面粉、玉米淀粉一起放入盆中，加1小勺盐、1.5纸杯清水，混合均匀，搅成细腻的面糊。用勺子将面糊中的小疙瘩全部压碎，使面糊呈细腻的米浆状。

2. 平盘上刷一层植物油，舀一大勺面糊倒入盘中，倾斜旋转平盘，使面糊均匀摊开，面糊多少决定面皮的厚度。

3. 大锅中加足量水烧开后，把盛

面 皮

好面糊的平盘漂在沸水上,盖上透明锅盖,中大火蒸两到三分钟。

4 当面皮鼓出大量气泡后,用夹子取出平盘,把平盘漂在盛有冷水的大容器中冷却。

5 面皮盘凉透后取出,在面皮表层刷一层薄香油,防止下一张面皮叠放时粘连。

6 重复以上步骤,依次做好所有的面皮。

· 凉拌面皮 ·

制作过程:

1 面皮制作完成放置一段时间,凉透后,撕下每张面皮切成一指宽左右的面皮条。

2 大蒜切末,黄瓜切成细条,炒熟的花生去皮稍微切碎。

3 取小碗,把生抽、香醋、白糖、芝麻香油、适量盐、一勺凉开水调成浇头。

4 切好的面皮盛入大盆中,加入黄瓜条、蒜末、花生碎,倒入浇头,喜欢吃辣的可以放些辣椒油,充分搅拌均匀。

5 装盘即可食用。多余的面皮可冷藏,下次食用时,即拌即食。

凉拌面皮筋道爽滑、酸辣可口,为夏天爽口开胃的健康美食。

▲ 搜集整理　孙常钊

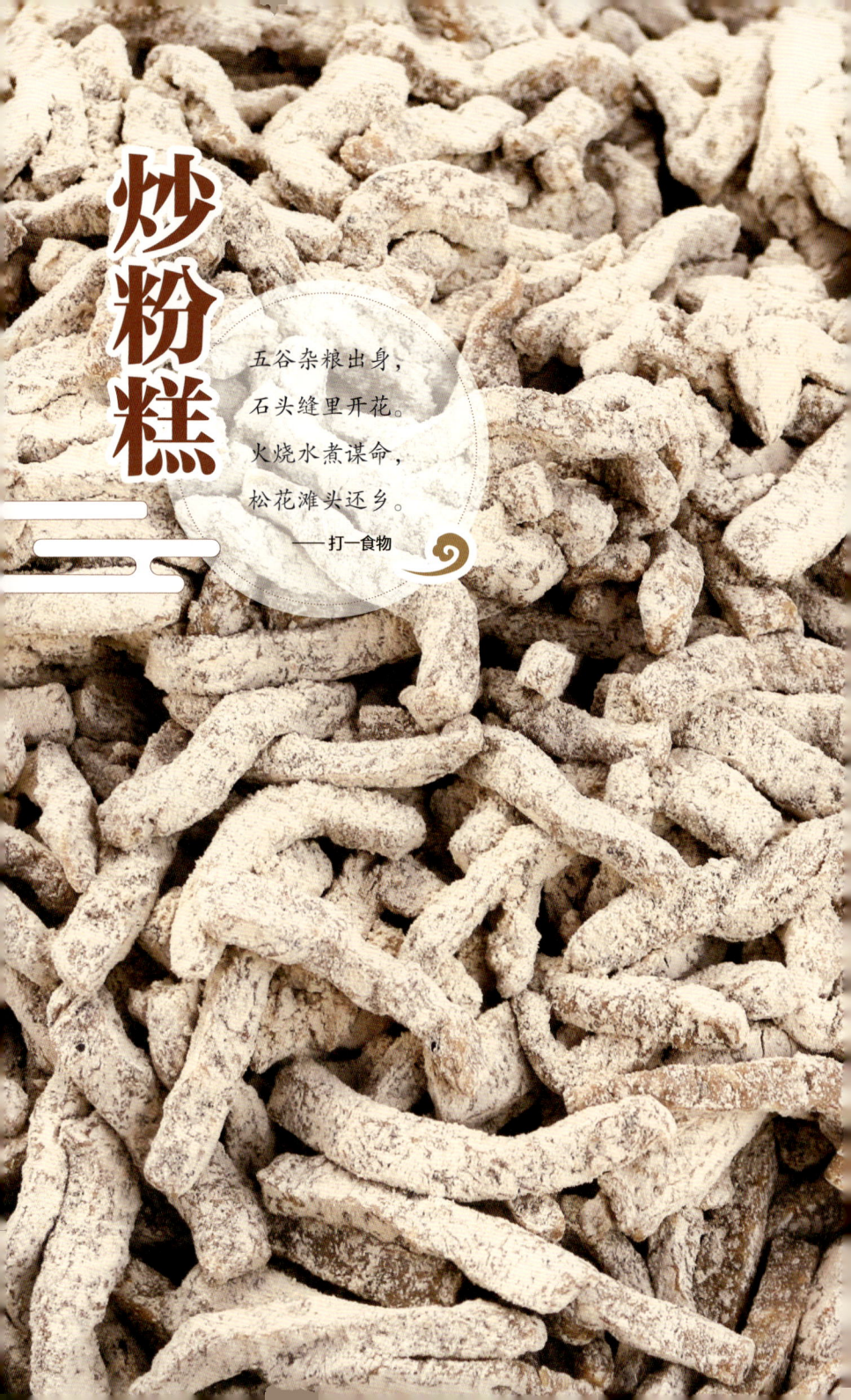

炒粉糕

五谷杂粮出身，
石头缝里开花。
火烧水煮谋命，
松花滩头还乡。

——打一食物

炒粉糕

宁海的前童、黄坛、岔路一带，保留着"三月三，送炒粉"的习俗。从前，民间素有"三月芜荒"的说法，因此已出嫁的女儿会将家中剩余食材制成糕点，称作"炒粉糕"，到了三月三，孝敬父母。"送炒粉"代代相传，是宁海慈孝文化的传承。

炒粉糕是在炒熟的大米里加入花生、玉米、核桃、芝麻、生姜等食材，磨成细致的炒粉后蒸制而成的糕点，有着甜中带一丝辣，还不黏牙的独特口味，是宁海特有的传统风味糕点。在以前，炒粉糕是孩童上半年少有的美味零食，还有治疗小孩腹泻的功效。

民间传说

相传很早以前，宁海前童村有个姑娘，名叫童小彩，出嫁到新昌县小将村。她不但相貌漂亮，心地善良，还勤劳肯做，孝顺父母，同样孝顺公婆。小将村的人们都夸她是个好媳妇。

有一年春耕临近，青黄不接。她想到前童娘家兄弟姐妹多，每年的粮食总不够吃，特别是三月份的时候，更是吃不饱饭，她想给娘家送点粮食去，帮助娘家渡过这个难关。

送什么粮食好呢？

她动手将晚粳米、糯米淘洗后，再用清水浸几小时，称为"发水"。然后沥水摊凉，使米粒稍稍"收水"，再放入热锅内翻炒。将米粒炒熟至香气扑鼻、白中泛黄又恰好没有炒焦的程度，迅速

地道宁海味

拿到用竹子做的米背中收贮起来。再加入一定比例的红糖上下翻捣拌和,使每粒米都均匀地沾上或包裹着融化的红糖。除了主料,再将少量炒熟的芝麻和黄豆,以及烘焙和翻炒过的陈皮等辅料均匀拌入炒米中。待冷却至常温后,用石磨磨成细粉,就成为又香又甜的炒粉了。

炒粉做好后,童小彩先用少量海苔平铺在蒸栏上,再把炒粉放进蒸桶里,压实,又用薄薄的刀片把炒粉划成多个"井"字状,这样可以让蒸汽顺利地升上来。炒粉在蒸汽上稍稍蒸一下,倒出来,就成为一条一条的糕。

童小彩把炒粉糕送给公公、婆婆、邻居品尝,他们觉得又脆又香,口感好极了。问她这叫什么食物,她想了想,说:"是用炒粉做成的糕,就叫'炒粉糕'吧。"

前童娘家人吃了送来的炒粉糕,大为赞赏。又把炒粉糕分给左邻右舍品尝。从此以后,宁海一带形成了三月初三女儿给娘家送炒粉糕的习俗。因此炒粉糕也叫"孝娘糕"。

▲ 搜集整理 孙常钊

> 童年记忆

炒粉糕

文 / 杨世扬

"卖炒粉糕嘞——"墙弄里传来叫卖声,那么悠长,那么嘹亮,莫名地勾起了心底深处想吃的欲望。其实本能中并没有所谓"馋"的字眼,但是淡淡的欲望就在那一刻喷薄而出:"多少一斤?"

"有12元一斤的,也有15元一斤。"叫卖的是一位矮矮胖胖的、约莫60岁的女人。停好三轮车,她麻利地从麻袋里拿出两小袋已经装好的炒粉糕。说实话,这些包装都不那么讲究,跟这个追求精致的时代相比,略显粗俗。原来炒粉糕有两种:一种是浅白色的,糯米做的;另一种是浓郁的黄色,玉米做的。可以根据自己的喜好做出选择。卖炒粉糕的女人热情地邀我们尝一尝,语言也不精致,粗而拙,但充分地表明了出售的欲望。

我和一起围拢来的人一样,都喜欢粗粮,据说这样养生,就选择玉米炒粉糕。糯米做的精致、细腻,嚼在嘴里,化得特别快,但是玉米做的大气、粗糙,嚼在嘴里,微辣中有几分狂野的气息。真是各有各的灵魂。

恍惚中,记忆追溯到了很多年前,一个有关于偷吃的故事。

记得很小的时候,除了盼望过年与快快长大,就是特别盼望每年三月份,因为每到这个时候,嫁到前童小汀的大姑姑就会挑着担子,给奶奶送炒粉糕。这对于我们这些孩子来说简直就是"过节"。我们一窝蜂似的拥到奶奶家,奶奶和姑姑就会捧出一捧捧的炒粉糕,解我们的馋。

其实奶奶自己还真不怎么吃,所以这炒粉糕的香味会断断续续地飘上个把月。三月,这个"荒芜"的季节,空气里满是春的况味,往往惹得我们这些小鬼们四处找吃的。所以与其说姑姑是孝敬奶奶的,倒不如说是"孝敬"我们这些小的的。

奶奶把炒粉糕"藏"在很明显的地方。我们几个小孩蹑手蹑脚地闪进藏匿的地方,凝神屏气,轻轻地打开盖子,伸进米缸里摸索一阵,捞出一把、两把……然后又把盖子轻轻地盖上,接着奔

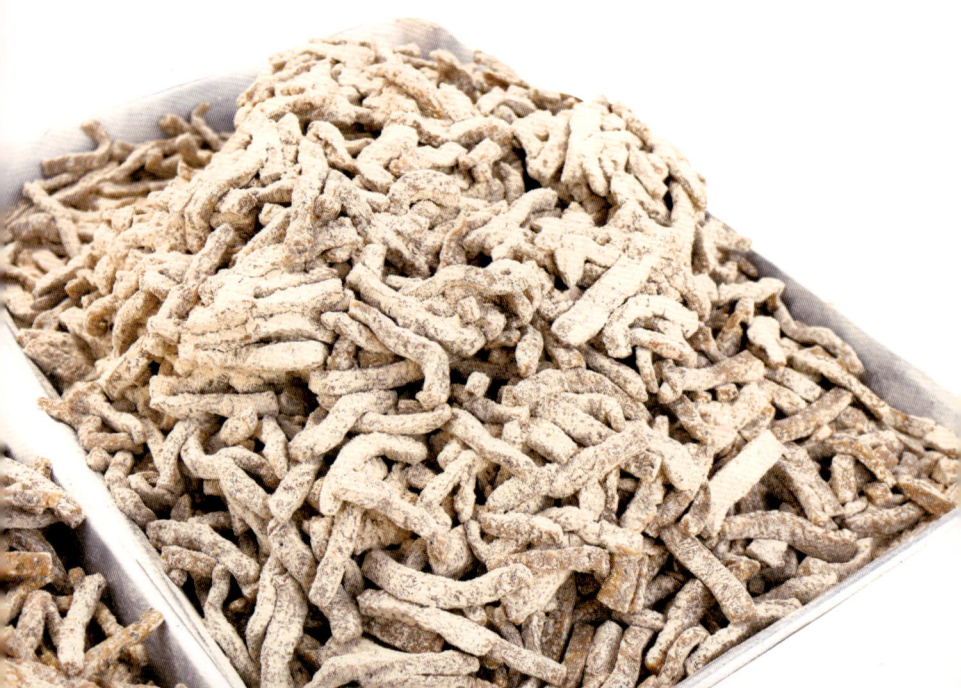

炒 粉 糕

向田野,天高地阔地吃起来。炒粉糕在口腔里"嘎嘣嘎嘣"地响,嚼在嘴里是名副其实的"糙",以至于天真地认为是"糙粉糕",这样的想法维持了很多年。不知道是哪个小伙伴想出了个"金点子"——和着采集来的茅茅针一起吃,那味儿棒极了!每日如此,米缸里的炒粉糕渐渐地浅下去。一直持续到绿荫渐浓,太阳渐大,三月份结束……

长大后,才知道这一简简单单的美食,有着它特殊的意义。原来民间素有"三月芜荒"的说法。很久以前,有一个出嫁的女儿担心这段时间,父母劳作辛苦,上年贮存的粮食也差不多吃完,三月可能会挨饿,就省下自己的吃食,制成食物,称作"炒粉糕",以补贴给父母。从那以后就有了这样的习俗。三月三从此被称为"孝娘节",每到这个时候,岔路一带嫁出去的女儿都要回一次娘家,把炒粉糕装在大甩桶或小甩桶里,再加一些其他东西,送到娘家,以感谢父母的养育之恩。这种习俗发展至今,炒粉糕也流传开了。

炒粉糕看起来并没有特别惊艳,味道也比不上其他糕点,但是做法十分讲究。小时候一直觉得这细条儿挺精致的,只是不知道它是怎么做成的,无端地觉得一定有一位特别能干的巧妇。直到有一天走在街头,看到街角热气腾腾的情景,才细致地了解了细节。

这是一对夫妻,如炒粉糕本身一样朴素。两人分工明确,男的负责蒸,女的负责切与卖。准备的材料是要在炒熟的玉米粉(或米粉)里加入花生、核桃、芝麻、生姜等东西,磨成精致的炒

地道宁海味

粉,完全符合现在人们的口味了。男的在糕蒸底上撒上一层海苔,倒入炒粉,一圈一圈地打平压实,后用糕刀划成细细长长的模样,这很见刀工。这样便可放在锅中蒸了。这蒸发,并不像蒸包子那样,而是直接放入锅中,再倒水至与锅边齐平,水蒸气包裹着糕蒸,炒粉中原先没有多余的水分,粉质的状态因吸收了水蒸气慢慢地紧实。街角慢慢开始弥漫起炒粉特有的味道,令人心旌荡漾。童年的谜底在那一刻终于揭晓。

"炒粉糕出锅了!"随着男主人一声吆喝,热气腾腾的蒸糕,已经被倒扣在长桌上,一整块儿地杵在那儿。女主人和男主人一起顺着刀痕一根一根地把炒粉糕掰开。等待已久的顾客早已味蕾生津。刚出锅的炒粉糕确实另有一番味道,软软糯糯,冒着热气,尝一口,带着米香,夹杂着姜的辣,到最后底部的海苔中和了甜味和丝丝咸味。待凉后,炒粉糕便是另一番模样,手上粘着细细的炒粉,说它硬,可含在嘴里一会儿就化了,说它不硬,咬一口"嘎嘣"一声脆响。

三月的阳光特别清澈,记忆里依旧恍惚着——矮矮的大姑姑担着甩桶,一甩一甩地从远处走来,路边是青青的草,青青的豌豆,金黄的菜花,还有蝴蝶与蜜蜂……

炒粉糕

私房菜谱

• 炒粉糕 •

原料：

大米、花生、玉米、核桃、芝麻、生姜、海苔等。

制作过程：

1. 大米炒熟，各种原料（熟大米、花生、核桃、芝麻、生姜末、糖等）混合后，用石磨磨成细粉，即炒粉。干炒粉在倒入糕蒸之前，在容器里可再次翻拌，以便各种粉料充分混合。

2. 在糕蒸底撒上一层苔粉，倒入炒粉，一圈一圈地打平压实，后用刀片将炒粉划成细长模样。

3. 将糕蒸放到锅里，倒水与锅边齐平，蒸制。蒸时水蒸气包裹着糕蒸，原来没有多余水分的炒粉慢慢吸收了蒸汽，逐步变得紧实。

4. 蒸熟后，将糕蒸倒扣在米筛中，顺着刀痕将炒粉糕一根一根掰开。完全冷却变硬后装袋。

刚出锅的炒粉糕软软糯糯，冒着热气，尝一口，带着米香，夹杂着淡淡生姜的味道，冷却后的炒粉糕有一丝清凉味，香香脆脆。

▲ 搜集整理　林亚娟

地道宁海味

后 记

编写《地道宁海味》的灵感来源于宁海县桑洲镇成人学校编写的校本读物《桑洲小吃》。各具特色的小吃,切实可行的小吃制作过程,图文并茂,诱惑着吃货们。

桑洲镇成人学校是浙江省示范成人学校、宁波市特色示范成人学校。学校以"一叶、一嫂、一吃"品牌作为助推器,助力乡村经济发展。2019年4月11日,中央电视台经济频道"生财有道"栏目做了"'桑洲小吃'制作培训,带动群众致富"15分钟专题报道。

本书选编了宁海县域内最具烟火味的二十四种小吃,搜集小吃背后故事,考据其传承历史,解剖其制作秘方,分享其特色美味,也采用图文并茂的形式,从窥视桑洲一角,到找寻宁海全域家乡味,目的是让地道宁海味香遍全中国。

成书的过程中,得到了宁海县教育局成教系统老师们的全力支持,得到了宁海县民协生力军的友情援助。特别是葛云高、孙常钊等考证了小吃的来历,林敏建、林亚娟编撰了小吃的制作步骤,陈东贤、杨世扬等率领"吃货团队"分享了地道的宁海味。

还有许多关心宁海小吃的好友提供了许多美好的照片和建设性的建议,在此深表谢意。

特别要感谢宁波出版社大众出版中心对成书的全程关注、有力资助,终得《地道宁海味》公开出版。

戴余金

2020 年 6 月 17 日

图书在版编目（CIP）数据

地道宁海味 / 戴余金，金齐斌主编. -- 宁波：宁波出版社，2022.3

ISBN 978-7-5526-4320-6

Ⅰ.①地… Ⅱ.①戴… ②金… Ⅲ.①随笔-作品集-中国-当代 Ⅳ.①I267.1

中国版本图书馆CIP数据核字（2021）第106516号

地道宁海味
Didao Ninghai Wei

戴余金　金齐斌 / 主编

责任编辑	陈凌欧
责任校对	余怡荻
装帧设计	金字斋
出版发行	宁波出版社
	（宁波市甬江大道1号宁波书城8号楼6楼　315040）
印　　刷	宁波白云印刷有限公司
开　　本	889mm×1194mm　1/32
印　　张	6.75
字　　数	140千
版　　次	2022年3月第1版
印　　次	2022年3月第1次印刷
标准书号	ISBN 978-7-5526-4320-6
定　　价	65.00元

版权所有，侵权必究。本书若有倒装缺页影响阅读，请与出版社联系调换，电话0574-87248279